唐·顏真卿 撰

顏魯公文集

（一）

中國書店

詳校官左中允臣莊通敏

臣紀昀覆勘

欽定四庫全書　　集部二

顔魯公文集　　別集類一唐

提要

臣等謹案顔魯公文集十五卷補遺一卷年譜一卷附録一卷唐顔真卿撰真卿事迹具唐書本傳其集見於藝文志者有廬陵集十卷又廬集十卷臨川集十卷至北宋皆亡有吴興沈某者採掇遺佚編為十五卷劉敞為之

序但沈稱俟而不著名字嘉祐中又有宋敏求編本亦十五卷見館閣書目江休復筆録極稱其採録之博至南宋時又多漫漶不完嘉定間留元剛守永嘉得敏求殘本十二卷失其三卷乃以所見真卿文别為補遺併撰次年譜附之自為後序而宋沈所編全書皆不存後人復分元剛之十二卷為十五卷以當之迨明而流傳益罕今世所行本乃明萬

歷中真卿裔孫允祚重刋脱漏舛錯盡失其舊獨此本為錫山安國所刻雖已分十五卷然猶元剛原本也真卿大節炳著史册而文章典博莊重稱其為人集中廟享議等篇說禮尤為精審特遺文在宋散佚已多故元剛所編亦不免缺畧今去唐益遠而其文之見於石刻者尚間有可採謹詳加搜緝得殷府君夫人顏氏碑銘一首尉遲迥廟碑銘一首

太尉宋文貞公神道碑側記一首贈秘書少監顔君廟碑碑側記碑額陰記各一首竹山連句詩一首奉使蔡州書一首皆有碑帖現存又政和公主碑殘文顔元孫墓誌殘文二篇見江氏筆録陶公栗里詩見困學紀聞今俱採出增入補遺卷内至留元剛所録禘祫議其文既與廟享議複見而篇末時議者舉然云云乃新唐書陳京傳叙事之辭亦非真

御本文又干禄字書序乃顔元孫作真卿特書之刻石元剛遂以為真卿文亦為舛誤今並從刊削焉元剛字茂潛丞相留正之子官終起居舍人云乾隆四十九年十一月恭校上

總纂官臣紀昀臣陸錫熊臣孫士毅

總校官臣陸費墀

顏魯公文集序

顏魯公極忠不避難臨難不違義是其塵垢糠粃猶袛飾而誦習之將以勸事君況其所自造之文乎然魯公没且三百年未有祖述其書者其在舊史施之行事僅有存焉而雜出傳記流于簡牘則百而一二銘載功業藏于山川則十而一二非好學不倦周流天下則不能徧知而盡見彼簡牘者有盡而山川者有壞不幸而不傳則又至于千萬而一二未可知也吳興沈侯哀魯公

之忠而又佳其文懼久而有不傳與雖傳而不廣也於是採掇遺逸輯而編之得詩賦銘記凡若干篇為十五卷學者可觀焉蓋君子多見則守之以約沈侯好學喜聚書至三萬卷若是多矣然猶常汲汲如不足者至其集魯公之文使必傳于天下必信于後世可謂守之以約而尚友者乎予是以序其意劉敞識

欽定四庫全書

顔魯公文集卷一

唐 顔真卿 撰

奏議

請復七聖謚號狀

謹按禮記曰先王謚以尊名節以一惠故行出於己而名生於人使夫善者勸而惡者懼也而虞夏之質殷周之文至矣而禹湯文武之君咸以一字為謚言文則不

稱武言武則不稱文豈聖德所不優乎葢羣臣稱其至者是以子不得議父臣不得議君天子崩則臣下制謚於南郊明受之於天也諸侯薨則太子赴告於天子明受之於君也至於周室卑大朴散謚始以兩字為重人或以虛美為榮漢承戰國餘烈參而用之君臣易名事歸至當少不以為貶多不以為褒雖美衆所歸可一言而盡矣魏晉以降葢不足徵聖唐欽明憲章周漢爰初創業順考古道高祖謚太武用漢制太宗謚曰文行周

道也名正理順垂之無窮上元中政在宮壼亂名改作
始建神堯文武大聖之號蓋非高宗之所獲已洎玄宗
之末奸臣竊柄析言而亂舊法輕議以改鴻名遂廣累
聖之謚有加至十一字者皇帝則悉有大聖之號皇后
則皆有順聖之名使言之者惑於令行之者異於古非
舊制也其後劍門下罪已之詔敘高祖已下累聖悉用
舊謚則玄宗悔既往之失亦以明矣寶應中二聖山陵
有司議謚事不師古變而行權去古質而尚浮華捨舊

名而廣新謚謂一名不足以節惠廼十陪於古焉而累聖謚名悉以字多者為定是廢高祖太宗之令豈曰愛君令制謚非古人皆知之有司因循其事而無敢言者假使當今守之而不改後人議之以為非然所失豈不大哉何者臣子之於君父莫不欲廣其美稱先王制禮不敢過也故至敬無文至文尚質質之數極於一堯舜之美足以彰矣文之數極於二孝文孝景之德亦以明矣質則近古文則近今此高祖太宗所以更用其法後

王所宜守之法也非天下之至聖其孰能定之此天皇所以興聖主而正鴻名太宗所以待孝孫而修廢典微臣所以守經義而崇聖朝陛下宜奉天心繼先太宗之志使子孫蒙其法而萬代守之此天下之能事也臣愚以為高祖已下累聖謚號悉宜取初謚為定謹按舊制宜上高祖為武皇帝太宗為文皇帝高宗為天皇大帝中宗為孝和皇帝睿宗為聖真皇帝其二聖謚名字數太廣有逾古制臣愚請擇其美稱而正之謹按謚法秉

德不回曰孝照臨四方曰明宜上玄宗為孝明皇帝又按謚法聖善周聞曰宣宜上肅宗為孝宣皇帝仍准漢魏及國朝故事於尚書省議定奏御夫文敝則救之以質至敬也名惑而反之於正至明也祖作之而孫述之至孝也三者備矣然後能立天下之大本正天下之大名昭天下之大德建天下之大業能事畢矣伏惟皇帝陛下詳擇

論元皇帝祧遷狀

王制天子七廟三昭三穆與太祖之廟而七又禮器云有以多為貴者天子七廟又伊尹曰七世之廟可以觀德此經典之明證也七廟之外則曰去祧為壇去壇為墠故歷代儒者制迭毀之禮皆親盡宜毀伏以太宗文皇帝七代之祖高祖神堯皇帝國朝首祚萬葉所承太祖景皇帝受命于天始封于唐元本皆在不毀之典代祖元皇帝地非開統親在七廟之外代宗皇帝升祔有曰元皇帝神主禮合祧遷或議者以祖宗之名難於迭

毀昔漢朝廷近古不敢以私滅公故前漢十二帝為祖宗者四而已至後漸違經意子孫以推美為先自光武以下皆有廟號則祖宗之名莫不建也安帝以讒害大臣廢太子及崩無上宗之奏後自建武以來無毀者因以陵號稱宗至桓帝失德尚有宗號故初平中左中郎蔡邕以和帝以下功德無殊而有過差不應為宗及餘非宗者追尊三代皆奏毀之是知祖有功宗有德存至公之議非其人不居蓋三代立禮之本也自東漢以来

則此道喪矣魏明帝自稱烈祖論者以為逆自稱祖宗故近代此名悉為廟號未有子孫踐阼而不祖宗先王者以此明之則不得獨據兩字而為不祧遷之證假令傳祚百代豈可上存百代以為孝乎請依三昭三穆之義永為通典寶應二年升祔玄宗肅宗則獻祖懿祖已從迭毀伏以代宗睿文孝皇帝卒哭而祔則合上遷一室元皇帝代數已遠其神主準禮祧而禘祫之時然後饗祀

廟享議

議者或云獻祖懿祖親遠廟遷不當祫享宜永閟於西夾室又議者云二祖宜同祫享與太祖並列昭穆而空太祖東向之位又議者云二祖若祫同享即太祖之位永不得正宜奉遷二祖神主祔藏於德明皇帝廟臣伏以三議俱未為允且禮經殘缺既無明據儒者能比方義類斟酌其中則可舉而行之葢叶於正也伏以太祖景皇帝以受命始封之功處百代不遷之廟配天崇享

是極尊嚴且至禘祫之時暫居昭穆之位屈巳伸孝敬

奉祖宗緣齒族之禮廣尊天之道此實太祖明神烝烝

之本意亦所以化被天下率循孝悌也請依晉蔡謨等

議至五年十月祫享之日奉獻祖神主居東面之位懿

祖太宗洎諸祖宗遵左昭右穆之列此有以彰國家重

本尚順之明義足為萬代不易之令典也又議者請奉

遷二祖神主於德明皇帝廟行祫祭之禮夫祫合也故

公羊傳曰大事者何祫也若祫祭不陳於太廟而享於

德明廟斯乃分食也豈謂合食乎名實相乖尤失禮意固不可行

論百官論事疏

御史中丞李進等傳宰相語稱奉進止緣諸司官奏事頗多朕不憚省覽但所奏多挾私讒毁自今論事者諸司官皆須先白長官長官白宰相宰相定可否然後奏聞者臣自聞此語已来朝野囂然人心亦多衰退何則諸司長官皆達官也言皆專達於天子也郎官御史陛

下腹心耳目之臣也故其出使天下事無巨細得失皆令訪察迴日奏聞所以明四目達四聰也今陛下欲自屏耳目使不聰明則天下何述焉詩云營營青蠅止于棘讒言罔極交亂四國以其能變白為黑變黑為白也詩人深惡之故曰取彼讒人投畀豺虎豺虎不受投畀有北則夏之伯明楚之無極漢之江充皆讒人也孰不惡之陛下惡之深得君人之體矣陛下何不深迴聽察其言虛誣者則讒人也因誅殛之其言不虛者則正人

也因奬勵之陛下捨此不為使衆人皆謂陛下不能明察倦於聽覽以此為辭拒其諫諍臣竊為陛下痛惜之臣聞太宗勤於聽覽庶政以理故著司門式云其有無門籍人有急奏者皆令監門司與仗家引對不許關礙所以防壅蔽也并置立仗馬二疋須有乘騎便往所以平治天下正用此道也天寶已後李林甫威權日盛羣臣不先諮宰相輙奏事者仍託以他故中傷之不敢明約百官令先白宰相又閹官袁思藝日宣詔至中書玄

宗動靜必告林甫先意奏請玄宗驚喜若神以此權柄
恩寵日甚道路以目上意不下宣下情不上達所以漸
致潼關之禍皆權臣誤主不遵太宗之法故也陵夷至
于今日天下之弊盡萃于聖躬豈陛下招致之乎蓋其
所從來者漸矣自艱難之初百姓尚未彫敝太平之理
立可便致屬李輔國用權宰相專政遞相姑息莫肯直
言大開三司不安反側逆賊散落將士北走党項合集
土賊至今為患偽將更相驚恐因思明危懼扇動却反

又令相州敗散東都陷没先帝由此憂勤至於損壽臣每思之痛切心骨令天下兵戈未戢瘡痏未平陛下豈得不日聞讜言以廣視聽而欲頓隔忠讜之路乎臣竊聞陛下在陝州時奏事者不限貴賤務廣聞見乃堯舜之事也凡百臣庶以為太宗之理可翹足而待也臣又聞君子難進易退由此言之朝廷開不諱之路猶恐不言況懷厭怠令宰相宣進止使御史臺作條目不令直進從此人人不敢奏事則陛下聞見只在三數人耳天

下之士方鉗口結舌陛下後見無人奏事必謂朝廷無事可論豈知懼不敢進即林甫國忠復起矣凡百臣庶以為危殆之期又翹足而至也如今日之事曠古未有雖李林甫楊國忠猶不敢公然如此令陛下不早覺悟漸成孤立後縱悔之無及矣臣實知忤大臣者罪在不測不忍孤負陛下無任懇迫之至

朝會有故去樂議

周禮大司樂職云諸侯薨令去樂大臣死令弛懸鄭注

云去謂藏之弛謂釋下也是知哀輕者則釋哀重者則藏又按庾蔚之禮論云晉元后秋崩武帝咸寧元年享萬國不設樂永嘉元年冬惠帝三年喪制未終司徒左長史江充議二年正會不宜作樂又章皇后哀限未終后主已入廟博士徐乾議曰周景王有后嫡子之喪既葬除服叔向猶議其晏令不宜懸宋書禮制云晉武帝已來國有大喪廢樂三年又按江都集禮説晉博士孔恢朝廷遏密懸而不作恢以為宜都去懸設樂為作不

作則不宜懸孟獻子禫懸而不樂自是應作耳故夫子曰獻子加於人一等矣非謂不應作而猶懸也國喪尚近謂金石不可陳於庭又徐廣晉史曰聞樂不怡故申情於過密諒闇奪服慮政事之荒廢是故秉權通以變常量輕重以降差臣以周禮去樂之文宋志終喪之證徐廣之論寧戚孔恢之說禫懸理既可憑事又故實伏請三年未畢都不設懸如有齊衰喪及遇大臣薨殁則量輕重懸而不足

顏魯公文集卷一

欽定四庫全書

顔魯公文集卷二

唐 顔真卿 撰

表上 并批答

皇帝即位賀上皇表

臣某言六月二十七日伏承賊陷潼關駕幸蜀郡李光弼郭子儀等正圍博陵郡收兵入土門王師既還百姓震恐憂惶危懼若無所歸臣不勝悲憤之深遂遣脚力

人張雲子問道上表猶恐不達又差招討判官信都郡武邑縣主簿李銑相繼行銑及雲子前後並到靈武郡奉皇帝七月十二日敕伏承陛下命皇太子踐祚改元皇帝上陛下尊號曰上皇天帝臣及官吏僧道耆壽百姓等蹈舞抃躍其張雲子回皇帝授臣工部尚書兼御史大夫其李銑回又授臣銀青光禄大夫顧以庸微頻叨寵命道路隔絕辭讓無由進退失圖伏增惶懼竊以逆賊安禄山孤負聖恩憑陵寓縣禍盈惡稔尚稽天誅

令皇帝撫軍蒼生賈勇豐鎬河洛指期可平伏願陛下
垂拱頤神以覲廓清之慶臣官守有限不獲隨例闕庭
無任懇款悲戀之至

批答

兇逆亂常侵侮中夏潼關失守京國不寧朕因涉岐
梁至於巴蜀遂命皇帝肇登寶歷爰靜妖氛令官軍
益振迴紇効款即擬南行共為翦滅卿忠惟奉國孝
則保家懷不二之心秉難奪之操皇帝累申寵命兼

以崇班宜有懋於深功且用光於重守

讓憲部尚書表

臣某言臣聞無功受賞為善不勸有罪不罰為惡罔辯陛下剋復之期匪朝伊夕至如賞罰二柄事在必行苟或不明於何取則臣以愚懦叨守平原屬逆賊安祿山背叛聖恩擾犯河洛臣堂兄杲卿以常山太守首開土門臣與河北諸郡因之固守人臣本分夫有何功上皇授臣户部侍郎兼知招討採訪等使已失人望緣賊未

滅遂不敢辭又令李光弼郭子儀賀蘭進明等與臣計會同討兇逆三數月間河北向定屬潼關失守大駕西巡光弼等却入土門諸郡危逼陛下御極又錄臣無功寵以非次常伯亞相一時猥集臣兄允南弟允臧等連榮臺省一男三姪皆授好官在臣一門叨幸斯極殞身碎首無以上報臣常使判官鉅鹿郡南和縣丞賈載姪男永王府典軍廣成及行官鄧昌珍楊神功裴法成等十餘人將綵物絹帛相繼渡海與劉正臣計會共和三蕃

正臣等剋期南來行已有日屬逆賊史思明尹子奇等乘其未至悉力急攻諸郡無援相次陷没皆由臣孱懦無謀致此顛沛誠合殉命危難死守孤城以為歸罪闕庭愈於受擒賊手所以僶俛偷生過河緣劉正臣使楊神功將牒與臣索兵馬及盤瓶錦張帳同令應接奚契丹等不與其勾當伏恐陛下貽憂又恩勑先超授吳郡司士鄭毓樂安郡太守令於江淮南兩道度僧道取錢與臣召募士馬令應接河北臣由此未獲即赴行在遂至廣

陵丹陽等郡各與採訪使計會竟不得兵馬即累奉聖

旨許臣入奏行至武當郡又奉恩命除臣憲部尚書兼

令使者送告身與臣捧戴殊私不任惶懼陛下縱含弘

善貸不忍明刑在臣靦冐至深胡顏自處臣忝為大臣

繫國休戚損臣益國臣受其益損國益臣臣受其損若

受任失守還朝屢遷示國無刑於臣大損非敢外飾實

披至誠又臣名節雖微任位頗重為政之體必在律人

恩先逮下罰當從上令罪一人則萬人懼若怙於寵四

海何贍伏願陛下重貶臣一官以示天憲使天下知有必行之法則知有必賞之令寵榮過於尚書遠矣無任懇悃之至

批答

卿才推翰苑望重朝廷昆弟成名俱效忠節頃蜂蠆縱毒郡邑多虞卿能審事宜捍禦宄盜雖平原不守而功效殊高自遠歸朝深副朕望允膺曳履之命無至免冠之請

謝兼御史大夫表

臣某言伏奉今日制書以臣兼御史大夫本官如故恩榮累及成命曲臨捧戴殊私慙惶靡據中謝臣孱微有素抗直無聞比守平原困於兇賊不能死節負義歸朝斧鉞之誅甘心待命崇高之位不次頻叨孟夏之中始操刑柄數旬之內兼總憲司撫已缺如負乘斯甚將何以明刑天下振舉朝綱臣聞秦漢之時凡有制詔皆下丞相御史府人到于今稱為副相東方朔舉自古聖賢

以次百官乃以孔丘為御史大夫則知其官何可妄授況列曹尚書古之常伯如天之有斗豈易其人昨以表辭非敢矯舉恐煩天聽僶俛就班俟隙請閒方擬牢讓不圖榮寵又集微軀聖恩頻繁固令即上陳請莫遂惶懼益深又臣竊見近日朝列之内或有身兼數官苟貪利權多致顛覆害政非一妨賢實多臣嘗忿之其忍自冒無任懇迫屏營之至謹詣閤門陳謝以聞倘天聰聽畀猶冀少迴恩送俾臣一職别授忠賢則雖死猶生期

於畢力臣某云云

批答

卿德重才博久而益彰深竭忠貞克著名節乃令再造區夏籍卿以振朝綱寵屐之榮允膺其象弄印之寵無以易卿既簡朕心不至謙讓所謝知

馮翊太守上表謝

臣某言伏奉某月日恩制除臣馮翊太守以某日至郡上訖受命祇懼伏增戰越中謝臣自失守平原萬里歸

命甘心斧鉞用儆敗亡陛下錄纖芥之誠捨丘山之罪超司秋典再長憲臺宗伯亞相一時猥集在臣叨幸何以克堪誓當粉骨碎身少酬萬一而力微任重福過災生消塵莫効咎愆仍積上負聖明之恩下慙魯衛之士槃水加劍未塞深尤禦魅投荒乃為殊造陛下識其眉目矜其要領待罪猶忝於左馮黜官不離於本秩感念恩德淪于心髓木石知變況在微臣伏惟陛下察其懇愚收其後效臣雖萬死實荷所天竊以此郡破亡再陷

兇逆生靈塗炭邑室空虛殺傷者雖或蓋藏逃亡者尚未歸復謹當勵精悉力宣諭皇明旬月之間望有所校伏惟陛下減省聖慮不以此郡為憂則臣之愚忠生死萬足其户口實數并利害切急者伏望容臣括責續狀奏聞無任感戀之至

批答

卿夙負名器列在朝廷委弄印之傳兼曳履之寵而乃事乖執法情未滅私朕念以舊勳遂從寬宥令左

輔之郡凋敝之餘宜加撫存以申来効所謝知

蒲州刺史謝上表

臣某言臣今月十一日伏奉五日恩制除臣使持節蒲州諸軍事蒲州刺史充本州防禦使臣縁同州先無佐官蒲州書魚未到遅迴累日不敢赴上中使張抱誠至奉宣恩命令臣與將軍趙瓌計會遊奕兵馬昨以十八日至州上訖祗承寵命伏增感惕中謝臣竊以此州之地堯舜所都表裏山河古稱天險餘兇未殄防禦是先

況振秦晉之喉撫幽并之背既號股肱之郡實資心膂之賢伏惟光天文武大聖孝感皇帝陛下道冠生人恩涵隆履方建非常之業不遺易忘之臣特委大邦俾之集事戴荷殊獎無忘寢食但臣愚駑有素智勇缺然將以鎮遏艱虞導揚德澤拜命之日以榮為憂唯君知臣教其不及勤恤人隱動必以聞陛下不以為煩則臣死而獲考矣無任感戴屏營之至

批答

卿簪紱之端名節素重出鎮藩翰克効忠勤況自同

及蒲襟帶相接宣風布化實佇於卿特委股肱尤當

勉勵防虞恤隱必應事宜所謝知

謝浙西節度使表

臣某言伏奉六月九日恩制以臣為昇州刺史充浙西

節度使兼江寧軍使聖德含弘不遺簪履捨其罪戾假

以麾幢感戴恩榮死生知報中謝臣以為全吴舊國分

閫重權煮東海以自資塹西河而作固九州天險之地

六代帝王之都是以魏文興嗟甘從南北之限苻堅恃侈爰喪百萬之師豈不以形勝是先腹心斯切親賢重寄鎮遏攸難矧在庸微寧堪及此是以拜命之日以榮為憂制書以今月四日至饒州臣以今日發赴本道取都統節度觀察使李峘處分訖即赴昇州即當繕修甲兵撫循將士觀察要害以備不虞假陛下英武之威遵陛下平明之理一心戮力上答天慈伏惟陛下察臣愚忠則死且不朽無任感戴屏營之至

批答

卿學行有聞謀猷克壯屢經寒歲不改松筠且江寧古之帝都實為巨防自非宿德其可濫居委卿忠誠俾當連帥宜弘籌畧為朕緝綏所謝知

謝戶部侍郎表

臣某言伏奉某月日恩命以臣為戶部侍郎榮寵自天感戴交集中謝臣聞地官之任邦教是資侍郎之職非賢不授況臣資性愚蒙行能無取頻以踈拙獲罪朝廷

五年之間三貶官次先朝皇極猶佐藩條官階勳封盡蒙黜削待罪三年分從遐棄屬陛下以聰明睿哲嗣聖登庸恩宥廣覃授臣利州刺史詔書始下纔涉旬朔不遺易忘之臣忽奉待詔之命生死骨肉受賜已深封見之辰又蒙假以章服小臣懷惠寤寐無寧聖澤頻繁叨戴斯授循涯省分盈量則多粉骨縻軀罔知攸答無任感戴惶懼之至

批答

卿門傳儒行代把公才忠義在躬幹蠱從政頃升八座式昭水鏡之規往鎮兩河能鳴風雨之晦比雖因事見貶令則念舊録功然以地官務殷惟才是屬周行所舉殊愜朕懷所謝知

謝吏部侍郎表

臣某言伏奉某月日恩制以臣為吏部侍郎又奉某月日恩制加臣銀青光禄大夫浹辰之閒殊澤洊至恭承寵命戴荷交馳中謝竊以國之所急必在官人銓綜之

司非賢弗授伏揆虛薄祇懼實深常恐上塵則哲之明下負竊位之責未酬萬一再沐恩私寵命忽臨舊階旋復叨榮既甚宥過何深佩玉腰金實懼在梁之刺忘軀拜賜惟懷粉骨之誠施重力微罔知攸措無任荷戴屏營之至

批答

卿鬱然詞宗雅有朝望高標勁節歷霜霰而不渝握鏡懸衡鑒人倫而式叙是用特加命數光乃純臣復

銀青之舊階鳴水蒼之雜珮佇聞密啟以定九流舉其朝綱僉曰惟允所謝知

謝荆南節度使表

臣某言伏奉二十七日恩制除臣江陵尹兼御史大夫充荆南節度觀察處置使寵命自天戰荷無地中謝竊以荆南巨鎮江漢上游右控巴蜀左聯吴越南通五嶺北走上都寇賊雖平襟帶尤切雖叔子仁德元凱智囊居之猶或病諸過此豈宜濫據祗承睿顧伏深慙惕無

任感戴屏營之至

批答

卿明邁偉才忠貞壯節夙推公器累踐周行專城高

魏尚之勛會府著山濤之績而七澤交帶三江要衝

式資統尹之方雅屬旌旄之寄人存政舉其在兹乎

所謝知

顔魯公文集卷二

欽定四庫全書

顏魯公文集卷三

唐　顏真卿　撰

表下并批答

謝贈官表

臣某言伏奉二月十七日恩制臣亡祖故曹王屬曹王

晉王侍讀先臣昭甫特蒙聖恩超贈使持節華州諸軍

事華州刺史天慈錫類泉壤疏榮捧戴殊私閨門感慶

中謝竊以臣亡祖伏膺文儒克篤前烈能讀三墳五典八索九丘特為伯父故祕書監先臣師古之所賞愛師古每有注釋未嘗不參預馬又與學士令狐德棻等同侍天皇得備顧問有時無命天闕盛年臣亡父故薛王友先臣惟貞亡伯故濠州刺史先臣元孫等並襁褓麻孩提未識養於舅氏殷仲容以至成立臣堂兄故衛尉卿兼御史中丞杲卿即元孫之子及臣兄弟等幸承貽厥之訓遭遇明聖之朝各以微誠皆蒙殊奬杲卿雖

死為不朽矣臣亦何人屢叨榮祿夙夜祇懼慚戴已深不謂霈澤曲霑襃贈俯及特蒙加等之禮實為非常之恩感戴屏營萬死非報無任戰荷之至謹因中使内謁者監張抱誠冒死陳謝以聞

批答

卿之乃祖當為碩儒既高倚相之能遂有臧孫之後不墜其業在卿之門式覃追遠之恩俾蒙貽厥之慶加贈方岳以表哀榮所謝知

乞御書天下放生池碑額表

臣某言臣聞帝王之德莫大於生成臣子之心敢忘於讚述臣去年冬任昇州剌史日屬左驍衛左郎將史元琮中使張庭玉等奉宣恩命於天下州縣臨江帶郭處各置放生池始于洋州興道迄于昇州江寧秦淮太平橋凡八十一所恩沾動植澤及昆蟲發自皇心徧于天下歷選列辟未之前聞海隅蒼生孰不欣喜臣時不揆愚昧輒述天下放生池碑銘一章又以俸錢於當州採

石兼力拙自書蓋欲使天下元元知陛下有好生之德因令微臣獲廣昔賢善頌之義遂絹寫一本附史元琮奉進兼乞御書題額以光揚不朽緣前書點畫稍細恐不堪經久臣今謹據石擘窠大書一本隨表奉進庶以竭臣下慺慺之誠特乞聖恩俯遂前請則天下幸甚豈惟愚臣昔秦始皇暴虐之君李斯邪諂之臣猶刻金石垂於後代魏文帝外禪之祖鍾繇偏方之佐亦於繁昌立表頌德況陛下以巍巍功業而無紀述則臣竊恥之

謹昧死以聞伏增戰越云云

批答

朕以中孚及物亭育為心凡在覆載之中畢登仁壽之域四靈是畜一氣同和江漢為池魚鼈咸若卿慎徽盛典潤色大猷能以懿文用刋樂石體含飛動韻合鏗鏘成不朽之立言紀好生之上德唱而必和自古有之情發于中予嘉乃意所請者依

顔魯公文集卷三

顏魯公文集卷四

唐 顏真卿 撰

碑一

天下放生池碑銘并序

皇唐七葉我乾元大聖光天文武孝感皇帝陛下以至聖之姿屬艱虞之運無少康一旅之衆當禄山强暴之初乾犟勞謙勵精爲理推誠而萬方胥悦克己而天下

欽定四庫全書

歸仁恩信侔於四時英威達於八表功庸格天地孝感通神明故得迴紇奚霫契丹大食盾蠻之屬扶服萬里決命而爭先朔方河東平盧河西隴右安西黔中嶺南河南之師虓闞五年折鋒而効死摧元惡如拉朽舉兩京若拾遺慶緒遁逃已蒙赤族之戮思明跧伏行就沸鼎之誅拯已墜之皇綱擄再安之宗社迎上皇於西蜀申子道於中京一日三朝大明天子之孝問安視膳不改家人之禮蒸蒸然翼翼然真帝皇之上儀誥誓所不

及已歷選內禪生人以來振古及隋未有如我皇帝者也而猶嫗煦蒿類勒唉四生乃以乾元二年太歲己亥春三月己丑端命左驍衛右郎將史元琮中使張庭玉奉明詔布德音始於洋州之興道泉山南劔南黔中荆南嶺南江西浙西諸道汔於昇州之江寧秦淮太平橋臨江帶郭上下五里各置放生池凡八十一所蓋所以宣皇明而廣慈愛也曷不云乎信及豚魚書不云乎烏獸魚鼈咸若古之聰明睿智神武而不殺者非陛下而

誰昔殷湯克仁猶存一面之網漢武垂惠纔致銜珠之答雖流水救涸寳勝稱名蓋事止於當時尚介祉於終古豈若我今日動者植者水居陸居舉天下以為池罄域中而蒙福乘陁羅尼加持之力竭煩惱海生死之津揆之前古曾何髣髴微臣職忝方面生丁盛美受恩寖深無以上報謹緣皐陶奚斯歌虞頌魯之義述天下放生池碑銘一章雖不足雍容明聖萬分之一亦臣之精懇也敢刻金石著其詞曰

明明皇帝臨下有赫至德光天乾元啓聵緯武戡亂經文御歷孝感神明義形金石仁覆華夏恩加蠻貊道冠巍巍威深虩虩遺兹多難克廣丕績慶緒既誅思明辟易人道助順天心惡逆撲滅之期匪朝伊夕乘此寶祚永康宗祏業盛君親功崇列辟交禪之際粲然明白迴映來今孤高往策去殺留惠好生立僻率土之濱臨江是宅遂其生性庇爾鱗翮環海為池周天布澤致兹忠厚罔弗怡懌動植依仁飛沉受獲流水長者徒稱往昔

寳勝如來疇庸允格德力無競慈悲孔碩相時傳聞尚賴弘益刻在遺遇其忘斁錫真卿勒銘敢告凡百臣真卿以乾元三年春三月戊辰撰至大歷七年秋九月己亥自撫州刺史蒙除湖州八年秋七月戊戌於州駱駞橋東追建吳文休鐫

湖州烏程縣杼山妙喜寺碑銘并序

州西南杼山之陽有妙喜寺者梁武帝之所置也大同七年夏五月帝御壽光閣會所司奏請置額帝以東方

有妙喜佛國因以名之舊置在州西金斗山唐太宗文皇帝升極之六年春二月移於此山山高三百尺週迴一千二百步蓋昔夏杼南巡之所今山有夏王村山西北有夏駕山皆后杼所幸之地也晉吳興太守張玄之吳興䟽云烏程有墟名東張地形高爽山阜四周即此山也其山勝絶遊者忘歸前代亦名稽留山寺前二十步跨澗有黄浦橋橋南五十步又名黄浦亭並宋鮑昭送盛侍郎及庾中郎賦詩之所其水自杼山西南五里

黃蘗山出故號黃蒲俗亦名黃蘗澗即梁光禄卿江淹賦詩之所寺東偏有招隱院其前堂西廈謂之温閣從草堂東南屈曲有懸巖徑行百步至吳興太守何楷釣臺西北五十步至避它城按說文云它蛇也上古患它而相問得無它乎蓋往古之人築城以避它也有處士竟陵子陸羽杼山記所載如此其臺殿廊廡建立年代並具于記中大歷七年真卿蒙刺是邦時浙江西觀察判官殿中侍御史袁君高巡部至州會於此土真卿遂

立亭於東南陸處士以癸丑歲冬十月癸卯朔二十一日癸亥建因名之曰三癸亭西北於叢桂之間創桂棚左右數百步有芳林茂樹悉産丹青紫三桂而華葉異各樹桂之有支徑以袁君步馬因呼為御史徑真卿自典校時即著五代祖隋外史府君與法言所定切韻引說文蒼雅諸字書窮其訓解次以經史子集中兩字已上成句者廣而編之故曰韻海以其鏡照源本無所不見故曰鏡源天寶末真卿出守平原已與郡人渤海封

紹高質族弟今太子通事舍人渾等修之裁成二百卷屬安禄山作亂止其四分之一及刺撫州人左輔元姜如璧等增而廣之成五百卷事物嬰擾未遑刊削大歴壬子歲真卿叨刺於湖公務之隙乃與金陵沙門法海前殿中侍御史李某陸羽國子助敎州人褚冲評事湯某清河泉太祝柳察長城丞潘述縣尉裴循常熟主簿蕭存嘉興尉陸士修後進楊遂初崔弘楊德元胡仲南陽湯涉顔粲韋介左興宗顔策以季夏於州學及放生

池日相討論至冬徙於茲山東偏來年春遂終其事前是顏渾正字殷佐明魏縣尉劉茂括州録事參軍盧鍔江寧丞韋寧壽州倉曹朱弁後進周愿顏暄沈殷李蕭亦嘗同修未畢各以事去而起居郎裴郁祕書郎蔣志評事呂渭魏理沈益劉全白沈仲昌攝御史陸向沈祖山周閱司議丘悌臨川令沈咸右衛兵曹張著兄謩弟薦蔿校書郎權器興平丞韋柏尼後進房夔崔密崔萬寶叔豪裴繼姪男超峴愿子頵顧往來登歷時杼山大

德僧皎然工於文什惠達靈應煜昧於禪誦相與言曰
昔廬山東林謝客有遺民之會襄陽南峴羊公流潤甫
之詞況乎茲山深邃羣士響集若無記述何以示將來
乃左顧以求蒙俾記詞而藏事銘曰
夏后南巡山名是因梁王東睠寺旁攸詢形勝天絕規
模鼎新避它城古垂釣臺堙棚以桂結浦由黃申二使
迢遞三癸嶙峋徑列御史傳紆逸人紛吾著書羣彥惠
臻海韻源鏡自秋徂春編同貫魚學比成麟幸託勝引

亟倍僧珍庶斯見傳金石不泯

開府儀同三司行尚書右丞相上柱國贈太尉廣

平文貞公宋公神道碑銘并序

於戲逆鱗劘上匡救之義深守死不回人臣之致極況

乎文包風雅道濟生靈建一言而天下倚平含九德而

三光式序超無友而獨立者其惟廣平公乎公諱璟字

元光邢州南和人其先出於殷王元子七代祖弁魏吏

部尚書襲烈人子祖欽道北齊黄門侍郎並事跡崇高

各見本傳高祖元節定州田曹曾祖弘後大理丞祖務本皇櫟陽令父玄撫衛州司戶贈戶部尚書自田曹至於尚書皆實浮於名而位不充量事見許公蘇頲所撰神道碑公七歲能屬文一遍誦服鳥賦丁尚書府君憂水漿絕口者五日八九歲時嘗夢大鳥銜書吐公口中公吞之遂來而直上倏忽驚寤猶若下在胷間自後藻思日新襟懷益爽年十六歲時或讀易曠時不精公遲而覽之自亥及寅精義必究明年進士高第補上黨尉

轉王屋主簿相國蘇味道爲侍御史出使精擇判官奏公爲介公作長松篇以自興梅花賦以激時蘇深賞嘆之曰真王佐才也轉合宫尉長壽三年從調判入高等有司特聞天后親問所欲公以代爲唐臣不求榮達詭奏云家本山東頗得魏之一吏遂手詔授録事參軍拜舞趨出后異而召還又手詔拜監察御史裏行尋丁齊國太夫人憂服闋築室反耕志圖不起俄而即真遷殿中侍御史同列有博於臺中者將責名品而黜之博者

惶恐自匿翌日公獨正辭引過天后悦而釋之遷天官員外郎鳳閣舍人御史中丞乃謂所親曰吾比欲優游自免不圖要近驟至於斯其敢廢所職乎乃悉心納忠無所迴避時張易之昌宗兄弟席寵脅權天下側目公危冠入奏蹙不顧身天后失色拂衣欲起公叩頭流血誓以死争拾遺李邕奏曰陛下坐則天下安起則天下危内史令勑公出公曰天顔咫尺親奉德音不勞宰臣擅宣王命詞氣慷慨左右震悚遂俱攝詣臺庭立切責

二豎股栗氣索不敢仰視自朝至於日昃勑使馳救之公不得已而罷又令詣公謝罪公拒之後有慘恤二豎來弔公辭曰貴近不宜與執法道同假滿朝士慰公二豎又欲序進公舉板迎揖之不得成禮而去神龍之興復也公實佐其謀及當疇庸讓而不受曰清宮問罪事出五王祀夏中興功歸明主非曰逃賞誰敢貪天俄拜朝散大夫吏部侍郎諫議大夫遷黄門侍郎嘗遇梁王武三思於朝三思方欲言事公正色謂之曰當今復子

明辟王宜以俟就第何得尚干朝政三思慙懼而退請
急累月俄而兼攝尚書左丞玄宗將幸西蜀深虞北鄙
乃兼檢校并州大都督府長史又改兼貝州刺史與數
人同辭三思獨揖公往公顧謂之曰諸人已出不可獨
留遂揖之而去屬年穀不登國租罷入三思食邑公悉
蠲之既屢挫其鋒亦處之自若俄而真拜轉杭州又復
遷相州尋入爲洛州長史唐隆初拜吏部尚書同中書
門下三品唐隆初即景雲元年也是年六月甲申改元

唐隆七月己巳改元景雲璟之拜命在丁巳未改景雲

之前故曰唐隆初宰相表統言之故曰粤五日兼右庶

子尋加銀青光禄大夫玄宗之在儲闈鎮國太平長公

主潛謀廢立甞於光範門内坐步檐中諷宰臣以此旨

諸相失色莫敢先言公盛氣詰之曰東宫有大功宗廟

社稷主也安得異議遂奏婦人干政恐生禍階請不令

朝謁俄而男又縱横公奏之繇是貶楚州刺史主亦竟

以凶終無何復拜銀青歷魏兖冀三州兼河北按察使

尋遷幽州都督兼御史大夫復為魏州入為國子祭酒東都留守開元二年尋拜御史大夫兼京兆尹貶睦州刺史轉廣州都督充按察經畧討擊使又兼御史大夫特許便宜從事前是首領桀驁多據洞不賓公之下車無敢不蔇彼之風俗闕一字趨苟簡茅茨竹檐比屋鱗次火災歲起煨燼無餘公教之度材變以陶瓦千甍齊翼萬堵皆興于今賴焉燕國公張說著為碑頌無何使中官楊思勗召公公拜恩而就馬便行在路竟不交一言

恩勗以將軍貴幸泣訴于帝帝嗟嘆久之拜刑部尚書四年遷吏部兼黃門監修國史五年改號侍中明年幸洛陽至三崤馳道險隘行不得前河南尹李朝隱知頓使中丞王怡並坐當降黜公奏曰必若致罪二臣將來必受其弊遂命公捨之曰陛下責之以臣免之是過歸於上恩由於下臣請使且待罪然後俾其復職上遂嘉而從之玄宗嘗命公名諸皇子及公主邑號既而又令各定一美名公奏稱七子均養鳲鳩之德錫以名號不

宜有殊若毋寵子愛恐非正家之道王化所宜玄宗悦而從之八年拜開府儀同三司進爵廣平郡開國公策勲上柱國狂豎權梁山構逆長安有司深探其獄勑公按覆如京兆司録李如璧等百餘家皆以借宅假器悉當連坐公以婚姻假借天下大同至於京城其例尤衆知情即是同反無罪不合論辜免渠之外一切原免天下欣服焉中書令河東張公傑出將明之材獨運廟堂之上鏡機朝徹見事風生求公規模悉閲堂案每至危

言讜議執正守中未嘗不廢巻失聲汗流浹背其爲通賢所服也如此十三年新舊史並作十二年駕幸東都以公爲西京留守公極言得失無有所隱玄宗感悦制曰所奏之言置之座右出入觀省以誡終身因賜綵物二百疋明年又兼吏部十七年拜尚書右丞相雅善戲謔不常矜莊與故户部尚書王晙莫逆之友晚而彌篤凡所談諧人輒踈取端五日蒙賜鍾乳命醫歸鍊或以爲上藥異殊不宜委之公曰推誠求信猶懼不應猜以待人信其

可得聞者慭退二十一年新舊史作二十年抗疏告老至於再三手詔優許遂特給全禄賜絹五百疋還東京公以為大臣歸休不宜闗通人事遂杜絶賔容其年新舊史作二十二年駕幸洛陽公迎拜道左玄宗覩駐龍蹕使榮王琬勞問者數四自後中使往來賞賚不絶方崇乞言之典以極師臣之敬二十五年仲冬月十九日寢疾薨于東都明教里第享年七十五天下失聲玄宗震悼追贈太尉謚曰文貞公賻物米粟常數有加喪葬官供仍詔河南少尹

崔釋之充監護使夫人齊國夫人博陵崔氏滄州長史藝之女淑慎嚴整高明柔克訓諸子而慈且有威佐丞相而德無違者門内之理一以見咨躡公而殁允終偕老嗚呼公有七子復同州司功先公而卒昇尚書郎太僕少卿尚漢東太守渾職方郎中諫議大夫御史中丞東京畿採訪使太子左諭德恕都官郎中延原少尹華判入高等登封尉尉氏令衡右散騎常侍兼御史中丞河南行軍司馬或肅或文或哲或義克篤前烈以休令

聞以戊寅嵗五月二十九日處奉遺約歸葬公于沙河縣太尉鄉丞相原之先塋夫人合而祔焉禮也惟公間氣降神禖期傑出生如禮度天縱才明玉立殿天子之邦介然秉大臣之節震雹憑怒讜言而不有厥躬鼎鑊沸前臨事而義形于色蠢迪檢押難常情之所易志深直諒易古人之所難外其身而富貴不離行其道而死生勿替非夫含一之德格於皇天不二之心形於造次則何以异是乎允所謂振古之元軌皇王之咸寳者矣且

夫公之德烈充塞寰寓公之謀猷著明日月大歴五年
冬十二月孫儼懼遺烈美不遠求蒙以真卿天禄校文
叨太僕之下列憲臺執簡承諭德之深知雖青史傳信
實録已編於方册而豐碑勒銘表墓願備於論譔謹憑
吏部員外郎盧僎所上行狀畧陳萬一多恨闕遺其辭
曰
天命玄鳥降而生商湯孫之緒微子分疆詞招正則尉
翼文皇吏部黄門紛綸耿光忠賢世出信史相望篤生

丞相祚我有唐文明紘㫼毅烈堅剛恒衛閶氣星辰降
芒嶷然山立鏗爾金鏘忠孝之盛人倫紀綱垂髫能文
夢鳥發祥通昔究易冲齡擅場勝冠結綬歷政洋洋乃
尉合宫貳軺琅琅賦唫梅艷篇美松長蘇公嗟稱才必
佐王潚歲從調試言高驤登聞黼扆驟列綉裳遺跡天
官如珪如璋司言鳳閣綸綍煌煌乃作中丞威稜莫當
志除兇狡廷劾二張天后愕眙百寮震惶公獨凜然出
身激昂義形言色精貫穹蒼皇室中興嘉謀克彰功成

生讓事軼層羊貳職選曹諫議是匡載清流品屢奏封

章乃侍瑣闥時維夕郎悉心紏正庶績咸康三思睢盱

席寵于常責之就第慙懼靡亢左曹攝轄大鹵於襄兼

刺貝立朋辭厲行三思揖語公獨循墻處之不作轉旆

於杭既遷鄴下遂尹洛陽乃作冢宰訏謨廟堂俄兼宮相

亟綰銀黃玄宗登儲鎮國是皇潛謀廢立謡詠相翔厥

男撓政累奏懲殃聿臨楚邦荐察冀方總督幽薊龢飛

國庠亞相烈烈尹京趯趯旋臨建德欵莅南荒俚帥咸

蔬茅桅是攘張公頌德雋永甘棠所忠來召拜命即裴略無交言帝用式臧載司刑吏八座抑揚兼監黃樞鈞軸是將匪躬謇謇終始洸洸乃拜儀同允釐保障、河東閱故汙洽流桀狂豎犯闕虎渠既戕命公覆獄咸脫死亡乃陟右揆闕二字決決每諱王君豈常矜莊懸車告老庶保康強禮崇饋酳業炳纁緗天不憖遺萎哲壞梁一人震悼九有淒涼市既罷賈舂仍絕棖乃贈太尉飾終禮滂返葬沙河羽儀央央闔朝傾祖河尹護喪生榮死哀

行路感傷令人孺慕攀泣喤喤高墳崔嵬鉅鹿劇旁森

梢宰樹繚繞連岡吁嗟廣平宅此不暘孝孫翼翼論譔

靡忌豐碑碣竪萬古訾相

開府儀同三司太尉兼侍中河南副元帥都知河

南淮南淮西荆南山南東五道節度行營事東

都留守上柱國贈太保臨淮武穆王李公神道

碑銘并序

昔宗周之中興也時則有若方叔召虎總師于瘏敏之

業南威蠻荊東截淮浦以左右宣王詩人歌之列在風
雅我皇唐之反正也時則有若臨淮汾陽秉文武忠義
之資廓清河朔保乂王室翼戴二聖天下之人謂之李
郭異代同德今古一時公諱光弼京兆萬年人也曾祖
皇左威衛大將軍幽州經略軍副使府君諱令節祖鴻
臚卿兼檀州刺史府君諱重英父雲麾將軍左領左羽
林二軍大將軍朔方節度副使薊郡開國公贈幽州都
督司空諱楷洛皆以英果沉勇累葉將邊憺威稜於幽

碣公即蓟公之第四子也體渾元之正性秉弘毅之高
躅天予純嘏生知禮度謨謀炳邃默識沖深傑出經武
之才鬱為輿王之佐故能東征北伐猷難康屯挺草昧
不世之功允蒼生具瞻之望社稷威寳公之謂歟初天
后萬歲中大將軍燕國公武楷固為國闕一字將威震北
陲有女曰令韓國太夫人才淑冠族甞鑒之曰爾後必
生公侯之子因擇蓟公配焉後果生公公年六歲甞撫
鹿而遊蓟公覵而誨之曰兒勿更爾公振手而起遂絶

不為童戲未冠以將門子工於騎射能讀左氏春秋兼該太史公班固之學開元中起家左衛左郎將歷豐夏二都督府長史尋遷別駕加朝散大夫丁父憂以毀聞終喪不入妻室太夫人高明整肅有慈有威公下色怡聲承順而每竭其力雖已宦達小不如意猶加誨讓是以卒能濟其勲業天寶二年拜寧朔郡太守四載遷靈武道率兼安北都護仍充朔方行軍都虞候五年為王忠嗣河西節度兵馬使加游騎將軍守右領軍賜紫金

魚袋仍充赤水軍使八月襲封蔚郡開國公八載遷右金吾衛將軍充節度副使以破土蕃及招討吐谷渾加雲麾將軍左武衛大將軍十一載拜單于副都護十三載為安思順朔方節度兵馬使思順慕公信義請為婚姻公辭不獲免遂託疾罷官西平王哥舒翰聞而題之奏歸京師遂守道屏居杜絶人事十四年冬十一月安禄山反范陽天下驛騷朝廷旰食聿求虓闞之將爰統鷹揚之師明年春正月起公為銀青光禄大夫鴻臚卿

兼雲中郡太守攝御史中丞持節充河東節度度支營田副大使知節度事仍充大同軍使二月拜攝御史大夫魏郡太守充河北道採訪使俄除范陽郡大都督府長史充范陽節度使初公以朔方馬步八千人出土門其月既望收常山前是太守顔杲卿及長史袁履謙殺禄山土門使李欽湊擒其心手高邈何千年屬太原尹王承業不出救兵杲卿履謙爲史思明所陷戰士死者踣藉於滹池之上公親以衣袂拂去其上沙塵因慟哭

以祭之分遣恤其家屬城中莫不感激一心史思明正圍饒陽馳來拒戰公屢摧陷之詔拜公兼御史大夫俾令尚書令汾陽王郭公子儀悉朔方之衆與公合勢南收趙郡又敗之於沙河夏六月戰於嘉山大敗之斬獲萬計思明露髮跣足奔于博陵窮蹙無計歸節於祿山祿山大恐逆徒幾潰屬潼關不守肅宗理兵於靈武盡追朔方之師加公太原尹公以麾下及景城河間之卒數千人至秋八月拜户部尚書同中書門下平章事史

思明既有河北之地與蔡希德悉衆來攻纍月不克而退公自賊逼城於東南角張帳次居止竟不省視妻子每過府門未嘗回顧是後决遣事務信宿方歸至德二年拜司徒冬十二月十五日肅宗既還京師策勳換司空兼兵部尚書封鄭國公食實封八百户公弟光進亦以懋功同制封拜乾元元年八月拜侍中其年冬十月與九節度圍安慶緒於相州明年春三月史思明至滏陽屢絶我糧道衆咸請公簡精鋭以擊之交鋒永日思

明奔北於百里之外公反旆而歸煙塵亘天諸將皆以為賊軍大至遂南渡黄河公至則無見矣迺歸于太原是年夏五月除范陽節度使尋代汾陽王爲朔方節度使秋八月充天下兵馬副元帥以數千騎東廵追兵馬使張用濟會於汜水用濟獨來上謁公數其罪而斬之因追都知兵馬使御史大夫僕固懷恩懷恩中夜馳赴魚貫而前再宿遄至秋毫不敢犯公趣河而東及滑州聞史思明已過河遂迎强旅以至東京移牒留守及官

吏等悉皆迴避公獨與麾下趣河陽橋城賊先鋒已下倒懸坂公至石橋命秉燭徐行一夜方達賊望之不敢近思明來至城下請見公於城上謂之曰我三代無葬地一身必以死國家之患爾為逆虜我為王臣義不兩全我若不死於汝手汝必死於我手將士聞之無不激勵相持八月思明暴露不敢入東京乾元二年冬十月甲申賊將周贄悉河北之衆萃於河陽城北思明以河南之衆頓于河闕一字南城之南南北夾攻表裏受敵公

設奇分銳襲其虛而大破贊軍臨陣擒其大將徐璜玉殺獲畧盡贊僅以身免收軍資器械不可勝數思明心悸氣索烟火不舉者三日官軍大振初公以爲戰者危事勝負難必每臨陣嘗貯伏突於靴中義不受辱至是登城西向拜舞因歔欷不自勝三軍見之無不淚下三年春正月遷太尉兼中書令其年改元上元冬十一月攻拔懷州擒其僞節度安太清二年春二月統僕固懷恩自河陽趨河清與史思明合戰于邙山屬風雨晦冥

王師不利公收合餘卒屯於垣縣遂引過請罪懇讓太尉肅宗不能違之二月拜開府儀同三司中書令兼河中尹節度使夏五月十有一日復拜太尉兼侍中充河南副元帥都知河南淮南淮西山南東荆南五道節度行營事出鎮臨淮時史朝儀乗印山之捷圍逼申安等一十三州自領精騎圍李岑於宋州公之將吏皆兇懼議南保揚州公謂之曰臨淮城池卑陋不堪鎮遏不如徑赴彭城俟其東寇躡而追之賊可擒也遂趨徐州因

召田神功宴慰與同寢宿以宋州之難告祖道郊外俾先飲以寵之分麾下隸於其將喬岫仍令兵馬使郝庭玉與岫犄角而擊之賊遂一戰而走使來告捷公已屈指俟報俄而吉語至焉令上登極寶應元年夏五月進封臨淮郡王廣德元年秋七月加實封三百户通前後凡二千户賜鐵券名藏太廟仍圖畫於凌烟閣冬十一月上在陜州以公兼東都留守制書未下久待命於川州將赴東都屬疾痢增劇公知不起使使賫表奉辭廣

德二年秋七月五日己亥薨於徐州之官舍初將吏等問以後事公曰吾久在京中不得就養今為不孝子矣夫復何言哉因取已封布絹各三千疋錢三千貫鬻麥以分遺將士衆皆感痛不自勝及公云亡遂以其布為公製服庚申哀問至上都上痛悼之輟朝三日太夫人一慟而絕終夕方蘇上使開府魚朝恩就宅敦喻京兆尹第五琦監護喪事九月己未追贈太保十二月太常議行謚曰武穆夫人薛國夫人太原王氏暨長子太僕

卿義忠並先公而逝次曰太府少卿太僕卿象殿中丞彙等皆保家克荷備聞詩禮無忝燕翼過庭之訓冬十一月二十七日庚申泣而咨於王母慶窆公於富平縣先塋之東禮也於戲公以吉甫文武之姿兼樊仲將明之德王國多難羣胡搆紛藉朔方偏師之旅入井陘不測之地思明挫鋭逃遁於恒定祿山側息絶望於江淮守太原而地道設奇保河陽而雲梯罔冀破周贄於温洮擒太清於覃懷走史朝義叛涣之衆於梁宋救僕固瑒已

危之軍於瀛莫皆意出事外虜墜計中天下無贅旒之患此皆公之力也公兄遵宜遵行仕至將軍尉弟光琰並不幸早世次曰光顏特進鴻臚卿皆有才畧見稱時輩季曰光進闕三字三太子太保兼御史大夫渭北節度使涼國公清職表微沉謀絕衆剛亦不吐柔而能立與公並時仗鉞分閫凌霄翼聖既有戴天之功華原統帥獨聞禁暴之德方當會同正至榮耀君親入侍黼帷峨二貂乎秦階之上歸勝綵服頓雙節於高堂之下斯歡

未闕一字遺恨何居昔斛律丞相與弟并州同務烈於北齊賀拔行臺與兄荆州亦宣力於西魏咸稱義烈各懋勲庸而風樹寂寥偏隅隘陋比之我族事則不侔真卿昔守平原困於兇羯緊公莅止護保餘生東帶興居空想北平之禮操觚論撰敢墜中郎之辭銘曰

羯胡猖狂僦擾皇綱降生臨淮佐我興王維此臨淮萬夫之望爰初發迹罔或弗臧出入忠孝人倫激昂其心鐵石其行圭璋天寶末造河朔匡攘天子命公經營冀

方沙河嘉山我伐用張思明歸節禄山振惶潼關勿帥么冠其亾肅宗有命大卤於襄應變如神兊徒靡亢介珪入覲台座用光俘公東征北國是皇長園鄴下望入河陽擒斬渠魁霆擊龍驤淮濆鎮定徐土翺翔知田蠖屈料揚鷹揚不有神算疇戡暴强弟兄同時秉鉞煌煌方期凱旋變映旗常晨趨法座夕慶高堂如何不辰愆此百祥素輀反葬白驥跼箱簫鼓悲鳴羽儀分行萬乘致祭千官送喪生榮死哀身歿名揚渭水川上壇山路

旁唯餘豐碑突兀連岡往來必拜萬古沾裳

顔魯公文集卷四

顔魯公文集卷五

唐 顔真卿 撰

碑二

河南府參軍贈秘書丞郭君神道碑銘 并序

夫騏驥千里之足踣於庭唐之内鴻鵠四海之志闕一字於塋滲之羽此倜儻奇偉之士所為嘆息者也取之於人在於郭君矣君諱揆字良宰太原人也郭本號叔之

裔春秋後漢細侯得政事之美有道冠人倫之目素絲
作詠青溪招隱信為多士宜稱盛族五代祖和隋驃騎
大將軍開府儀同三司高祖澄皇朝朔方道大總管涇
鄜坊慶丹延夏七州刺史贈荆州都督謚曰忠曾祖某
朝散大夫太子洗馬祖義朝議大夫贈鄭州刺史父虛
己銀青光禄大夫守工部尚書兼御史大夫蜀郡大都
督府長史持節充劍南節度使營田副大使本道并山
南西道採訪處置使上柱國贈太子太師謚曰獻君生

而聰明不爲戲弄之事長而清峻冏雜綺紈之流辯對
則江夏之童志意則山東之妙大夫府君以其于氏之
出故幼名封奴嘉有應務之器故長字良宰蓋取侍封
宰割之義也觀其言必顧行動必由禮讀書不取其糟
粕爲仁罕忘於造次亦足以保其嘉名楚之正則漢之
臺卿乃其比也年十七崇文生明經及第侍郎韋陟揚
言於朝稱其稽古之力許其青冥之價後調集侍郎李
彭年嗟君所判足冠後生擢才子於公庭賀大夫於私

第美聲洋溢時莫與京授太常寺太祝加敬蒞事陳信
正辭每巡陵及郊必有歌詠潘河陽籍田之賦顏光禄
明祀之作復見前賢之致矣無何改授河南府參軍天
寶五載大夫總度瀘之師緊君奉循陔之養南中汚下
遂得氣疾先大夫憐其寢劇命訪秦醫太夫人懼其不
起繼自蜀至何神不禱靡藥不嘗依親自強望父增歎
以天寶八載二月十八日終於安輿之私第時年二十
四皇帝聞而悼之贈秘書丞嗚呼斯人不起子丕未識

亦可爲長慟者矣君子曰夫孝弟之至絜矩之道文章之絶周旋之儀可謂成人矣方將培雄風罩白石憐乎得二幾乎第一是以其疾即御醫生門其亾即天使歸贈陳師境上推以雨露之私修文地下贈以蓬萊之職弔客多其文行操誄盡於作者以五月二十一日葬於首陽鄉大塋之側君志也先大夫懿其天姿親疏行狀敘其參玄之美歎其老成之風方崇南峴之碑以慰西門之感伏涵受遇爲人父也若斯祁奚至公其知子也

如此斯文未建頹山遂及太夫人東海于氏凌虚墜翼
開緘悼心望門絶歸來之期抱孫有無時之哭遂成刊刻
之意以寄零落之哀銘曰
粲粲門子菲菲國香家傳玉樹人詠金相風流小褚才
貌潘郎一經自達六義名揚聞於容啓寘此周行爲子
道備從親路長既銘絶壁亦奉垂堂霧露成病膏肓遂
亾天向京兆墳歸洛陽江堙初流水毁寒霜蒞茫蔓草
蕭蕭白楊苦月墳上豐碑道傍披文相質誰不沾裳

右武衛將軍贈工部尚書上柱國上蔡縣開國侯

臧公神道碑銘 并序

公諱懷恪字貞節東莞人其先出於魯孝公之子彄字

子臧大夫不得祖諸侯其孫以王父字為氏僖哀二伯

既納忠於魚鼎文武兩仲亦不朽於言哲丈人成功而

遁迹子原抗節而捨生義和辭金飾之器滎緒奮陽秋

之筆賢達繼軌紛綸至今曾祖滿隋驃騎將軍祖寵皇

通議大夫靈州都督府長史父善德朝散大夫贈銀州

刺史咸務遠圖克開厥後恤終之慶世祀宜哉公即銀州之第三子也身長六尺一寸眉目雄朗鬚髯灑秀雅善騎射尤工尺牘沈静少言寛仁得衆竒謀沖邈英勇冠倫及于弟兄謹爾鄉黨每敦詩而執禮不茹柔以吐剛莅事而剖判泉流臨戎而智畧鋒起古所謂文武不墜高明有融者焉少以勲勞亟紆戎級開元初嘗遊平盧屬奚室韋大下公挺身與戰所向摧靡繇是發名玄宗聞而嘉之拜勝州都督府長史鋭精佐理絜矩當

官朔漠不空邊隅用人俄拜左衛率府左郎將轉右領軍中郎將兼安北都護中受降城使朔方五城都知兵馬使戎事齊足十萬維摩我伐用張軍威以肅由是深爲節度使王晙所器奏充都知兵馬使嘗以百五十騎遇突厥默啜八部落十萬餘衆於狼頭山殺其數百人引身據高環馬禦外虜矢如雨公徒且殲遽而給之曰我爲臧懷恪敕令和汝何得與我拒戰于時僕固懷恩父設之適在其中獨遮護之諸部落持疑不肯公判羊

以盟之仗義以責之衆皆感激由此獲免遂與設之部落二千帳來歸後充河西軍前將盤禾安氏有馬千駟怙富不虔一族三人立皆毆斃軍州悚慄嚋敢不祗佴爲節度相國蕭嵩所賞後充河源軍使兼隴右節度副大使關西兵馬使拜右武衛將軍吐蕃不敢東向者累年俄封上蔡縣開國侯開元十二年歲次甲子春二月二十有六日薨於鄯城之官舍享年五十有六其年八月二十三日詔曰故具官某頃以幹能亟承任使操行

逾謹勞效未酬不幸遷殂良增追悼可贈右領軍衛大
將軍即以其年冬十月庚戌遷窆于京兆府三原縣北
原禮也嗚呼公兄左羽林軍大將軍平盧副持節懷亮
以方虎之才膺爪牙之任孔懷斯切致美則深七子游
擊將軍崇仁府折衝希崇豐州别駕贈宋州刺史希祖
左武衛將軍朔方節度副使贈太子賓客希忱右衛左
郎將劍南討擊副使贈汝州刺史希愔右驍衛郎將靜
邊軍使贈祕書監希景寧州刺史左金吾衛將軍贈揚

州大都督希晏開府儀同三司行太子詹事兼御史大夫邠寧山南觀察使集賢待制工部尚書渭北節度使曾國公希讓等夙漸詩禮恭承教義芬潤挺蘭玉之姿英威齊虓闞之質而希讓識度弘遠器謀沉邃仁親以孝殿國以忠緯裕冠於人倫勲勞懋於王室至德中今上爲元帥東伐肇允押牙從收兩京陟降左右入侍帷幄既崇翼戴之功出擁麾幢載叶澄清之寄加以篤睦羣從糺緩宗族吉凶贍恤終始無渝行道之人孰不嗟

尚肅宗以公有謀翼之勤乾元三年春三月贈魏州刺史寶應元年冬十月又贈太常卿廣德元年冬十月詔曰孝以立身可揚名於後世忠能事主故追榮而及親開府儀同三司兼御史大夫元帥都虞候魯國公臧希讓亡父贈太常卿懷恪業茂勲賢地華簪紱佩忠信而行已包禮樂以資身守節安卑幽貞自處養蒙全正聲利不營雖與善無徵促齡悲於逝晷而積善垂裕餘慶光於後昆故得業濟艱難功參締構出有藩條之寄入

多爪牙之任位以德遷禮宜加等父由子貴贈合超倫宜登八座之榮式慰九原之路又贈工部尚書襃異之典於斯爲盛臧氏自驃騎而下世以材雄朔陲尚書既還特以功懋當代兄弟子姓勲賢間出自天寶距于開元乘朱輪而拖珪組者數百人逌於今茲繁衍彌熾綰軍州而握兵要者相望國都有後之慶固殊異於他族者矣真卿早歲與公兄子謙爲田蘇之游敦伯仲之契晚從大夫之後每接賓寮之歡故公之世家竊備見聞

敢述遺烈將無媿辭銘曰

魯史襃者臧孫有之陳魚則諫納鼎以規歿貴言立時稱聖為仁昭典墳智計蓍龜世濟忠肅光光羽儀以至夫公英明雄毅鶚視騰彩龍驤作氣鋒淬霜稜妙窮金匱謀猷泉瀉翰墨風馳儒勇是兼勲庸以位介馳戎馬猛奮虓虎絕漠援孤連兵戰苦萬虜鳴鏑紛紛如雨一身抗詞諤諤連柱精貫雲日氣雄征鼓狄人義激僕固誠全眇漫窮裔隨降幾千野靜沙雪風恬塞煙我騎如

雲我旗連天牧無南向凱有北旋天子休之命侯開國謂福而壽康衢騁力奚令之邅幽扃是即十城玉折萬里鵬息陣雲蒼蒼日暮無色令人趨奉天眷孔明九原不作八座哀榮勇列徽範芳時懿名里成冠蓋族茂簪纓萬古千祀瞻言涕零

東莞臧氏紀宗碑銘 并序

德有三孝弟稱其至常有五仁道原具終故興化所闕一字則曰侯其在矣死喪相恤疇能亦莫吾聞鶺鴒於焉

譬急難常棣所以最踧萼紀宗綴族所貴因心誰其庶乎吾見之於臧氏矣爰自伯禽國魯公子氏彄魚賂大諫於僖哀言聖兩垂於文武朗陵會吳而滅蜀東郡感張而絕袁建義而辭器歸高奮筆而陽秋與直賢明之盛今古莫崇積慶所鍾克生隋驃騎將軍府君諱滿滿生皇朝通議大夫靈州都督府長史府君諱寵寵生銀青光祿大夫銀州刺史贈太子少師諱善德咸懷忠良克纘徽烈古稱有後今見其然少師生三子曰右武衛

將軍贈幽州大都督闕三字懷慶冠軍左羽林大將軍兼
營府都督御史中丞充平盧節度採訪兩蕃使懷亮河
源軍使安北都護右領軍將軍上柱國上蔡縣開國侯
累贈太常卿魏州刺史工部尚書懷恪皆行闕四字才兼
文武並時迭將為國虎臣朔漠之間峻風斯在其功庸
志業各具三原縣先塋神道碑懷慶五子曰左金吾中
郎將范陽節度經畧副使希古右威衛將軍中受降城
使希真殿中監朔方經畧副使希賓原州長史監收副

使希昢銀青北平太守仍充軍使希逸懷亮五子曰勝州都督朔方節度副使敬廉金紫文安太守范陽節度副使希莊左清道率幽州經略副使敬之太常卿特進武州刺史令上元帥都知兵馬使讓左監門將軍敬此懷恪七子曰右衛中郎將贈闕一字州刺史希崇豐州别駕贈宋州刺史希昶左驍衛中郎將贈太子賓客希忱忠武將軍贈汝州刺史希惛壯武將軍左威衛中郎將贈秘書監希景雲麾麟寧三州刺史左金吾將軍左街

使贈揚州大都督希晏魯國公希讓並稟訓義方丕崇閥閱遭逢明盛備展材良能挺琥璉之闕四字舉蘊韜鈐之畧檢縱攸資禄蘭玉而輝映階庭畫隼熊而光聯旟軾勳庸之盛當闕四字源長流深德盛祀溯開元天寶間宗族之紆青紫佐麾幢者已數十百人迨乎今上當宁而諸孫冠軍左羽林將軍贈太子詹事彦英忠武左清道率瑗左清道率則少府監彦佺金紫太僕卿涉特進殿中監玠左金吾大將軍彦璟正議湖州長史隨並不

幸早世銀青棣州刺史瑜特進殿中監慈州刺史瑀特進鴻臚卿均特進太常卿彥昭開府太常卿彥暠正議杭州別駕巽銀青鴻臚少卿渙鴻臚卿頵朝散明州長史叔獻少府監楚卿朝散台州司馬晉卿朝散洋州司馬叔雅符寶郎齊卿涇陽縣闕一字雲卿左金吾衛長卿千牛叔卿京兆府參軍叔清以下闕

容州都督兼御史中丞本管經畧使元君表墓碑銘并序

嗚呼可惜哉元君君諱結字次山皇家忠烈義激文武之直清臣也蓋後魏昭成皇帝孫曰常山王遵之十二代孫自遵七葉王公相繼著在惇史高祖善禕皇朝尚書都官郎中常山郡公曾祖仁基朝請大夫褒信令襲常山公祖利貞唐書作名亨字利貞霍王府參軍隨鎮改襄州父延祖清淨恬儉歷魏城主簿延唐丞思閒輒自引去以魯縣商餘山多靈藥遂家焉及終門人諡曰太先生寶應元年追贈左贊善大夫君聰悟宏達倜儻而不羈十

七始知書乃受學於宗兄德秀常著説楚賦三篇中行子蘇源明駭之曰子居今而作真淳之語難哉然世自澆浮何傷元子天寶十二載舉進士作文編禮部侍郎陽浚曰一第汙元子耳有司得元子是賴遂登高第及羯胡首亂逃難于猗玗洞因招集鄰里二百餘家奔襄陽玄宗異而徵之暨君移瀼溪乃寢乾元二年李光弼拒史思明於河陽肅宗欲幸河東聞君有謀畧虛懷召問君悉陳兵勢獻時議二篇上大悅曰卿果破朕憂遂

停乃拜君右金吾兵曹攝監察御史充山南東道節度參謀仍於唐鄧汝蔡等州招輯義軍山棚高晃等率五千餘人一時歸附大壓賊境於是思明挫鋭不敢南侵前是泌南戰士積骨者君悉收瘞刻石立表命之曰哀丘將吏感焉無不勇勵璽書頻降威望日隆時張瑾殺史翽於襄州遣使請罪君為聞奏特蒙嘉納乃真拜君監察仍授部將張遠田瀛等十數人將軍屬荆南有專殺者呂諲為節度使諲辭以無兵上曰元結有兵在泌

陽乃拜君水部員外郎兼殿中侍御史充涇節度判官君起家十月超拜至此時論榮之屬道士申泰芝誣湖南防禦使龎承鼎謀反并判官吳子宜等皆被决殺推官嚴郢坐流俾君按覆君建明承鼎獲免者百餘家及涇卒淮西節度使王仲鼎為賊所擒裴茂與來瑱交惡遠近危懼莫敢闕二字君知節度觀察使事經八月境內晏然今上登極節度使留後者例加封邑君遜讓不授遂歸養親特蒙褒獎乃拜著作郎遂家于武昌之樊口

著自釋以見意其畧曰少習静于商餘山著元子十卷兵起逃難于猗玗洞著猗玗子三篇將家瀼濵乃自稱浪士著浪說七篇及爲郎時人以浪者亦漫爲官乎遂見呼爲漫郎著漫記七篇及家樊上漁者戲謂之聱叟歲餘上以君居貧起家爲道州刺史州爲西原賊所陷人十無一户纔滿千君下車行古人之政二年間歸者萬餘家賊亦懐不敢來犯既受代百姓詣闕請立生祠仍乞再留觀察使奏課第一轉容府都督兼侍御史本

管經畧使仍請禮部侍郎張謂作甘棠頌美之容府自

艱虞以來所管皆固拒山谷君單軍入洞親自撫諭六

旬而收復八州丁陳郡太夫人憂百姓詣使請留大歷

四年夏四月拜左金吾衛將軍兼御史中丞管使如故

君夫死陳乞者再三優詔褒許七年正月朝京師上深

禮重方加位秩不幸遇疾中使臨問者相望夏四月庚

午薨於永崇坊之旅館春秋五十朝野震悼焉二子以

明能世其業名雖著而官未立以其年冬十一月壬寅

虔葬君於魯山青嶺泉陂原禮也嗚呼君其心吉其行吉其言吉其躬是三者而身重於今雖擁旌麾幢總戎於五嶺之下彌綸秉憲對越於九天之上不爲不遇然以君之才之德之美竟不得專政方面登翼太階是不能不爲之太息也君雅好山水聞有勝絶未嘗不枉路登覽而銘贊之感中行見知之恩及亡至今分宅以恤其子其不偷也多此類中書舍人楊炎常衮皆作碑誌以抒君之志業故吏大歷令劉衮江華令瞿令問故將張

滿趙溫張協王進等感念舊恩送哭以終喪竭資斲石
願垂美以述誠真卿不敢常忝次山風義之末尚存盡
往敢廢無媿之辭銘曰
次山斌斌王之藎臣義烈剛勁忠和儉勤炳文華國孔
武寧屯率性方直秉心真純見危不撓臨難遺身闕一字
允全德今之古人奈何清賢素志莫申羣士立表垂聲
不泯

顏魯公文集卷五

顏魯公文集卷六

唐 顏真卿 撰

碑三

特進行左金吾衛大將軍上柱國清河郡開國公贈開府儀同三司兼夏州都督康公神道碑

竭誠奉主之謂忠率義忘躬之謂勇忠勇不犯則名登於明堂子仕敬忠之謂慈戰陣能勇之謂孝孝慈有裕

則道存乎方册兼此四者其惟清河公之族乎公諱阿義屈達干姓康氏柳城人其先世為北蕃十二姓之貴種曾祖頡利部落都督祖染可汗駙馬都知兵馬使父頡利發墨啜可汗衛衙官知部落都督皆有功烈稱於北陲公即衙官之子也正直忠鯁以信行聞為國人所敬長於謀略工騎射其弓十鈞二十三為阿史那頡佚施默啜等九可汗宰相秉心顓一立言無二不吐剛以茹柔必蹈道而履義可汗每有過失未曾不極言切諫

蕃人中重焉以比國家之丞相宋璟初默啜弟扳悉密時勤嘗擎藥弑可汗公竊而藏之密持示默啜默啜大怒將誅之公以爲請但令歸于部落默啜知公至忠繇是益加親信同列四人莫與公比其後公以孤直屢見疑譖遂請退歸可汗察公非罪尋復追爲宰相先是毗伽可汗小殺爲其大臣梅録啜所毒小殺覺之盡滅其黨既卒國人立其子伊然可汗無何病卒又立其弟登利可汗華言登利猶可報也其母嗷欲谷之女與其小

臣馺斯達干預國政登利從叔父因左殺右殺東西分掌其兵馬登利與其母誘斬西殺盡幷其衆左殺懼及乃攻殺登利自爲烏蘇米施可汗拔悉密擊敗之脱身遁走國中大亂天寶元年公與四男及西殺妻子默啜之孫㪍德支持勒毗伽可汗女大洛公主伊然可汗小妻余塞匐登利可汗女余燭公主及阿布思阿史德等部落五千餘帳幷駝馬羊牛二十餘萬款塞歸朝朔方節度使王斛斯具以上聞秋八月至京師玄宗俾先謁

太廟仍於殿庭引見御花蕚樓以宴之仍賦詩用紀其事拜公左威衛中郎將屬范陽節度使安祿山潛懷異圖庶爲己用密奏公充部落都督仍爲其先鋒使公既不得已僶俛從之四載以破契丹功遷右威衛將軍俄拜范陽經略副使五載又破契丹功居多拜左武衛大將軍仍充節度副使玄宗嘉之璽書慰勉盈溢篋笥十四載冬十一月九日甲子安祿山反范陽公以天子有命陷身兇逆舉家見質自拔莫由既至東歸公泣血籲

天次於寤寐欲與諸子逃歸國家為賊邢州刺史康節
所告遂被收繫僕奏被誅者二十餘人公之四子各奔
于外賊恐衆情不安貰之而後出至德二年闔門二百
餘口被安慶緒脅至安陽屬今上為天下兵馬元帥統
今尚書令汾陽王郭子儀朔方之師諸節度回紇之衆
東收二京公率四子及孫姪等十餘人冒死南奔至汲
郡為從者所告家人識焉二子沒野波英俊挺身行前
二子屈須彌施英正持滿殿後沒野波妻阿史那氏為

公控馬登於西山至高平界遇賊蔡希德以精騎三百
遮路邀擊沒野波英俊馬奔之先殺其四十餘人生擒
四人冬十有一月七日投今上行營至焉帝聞而嘉之
欲以開府儀同三司處公仍加實封公固辭乃受因以
為金吾衛大將軍加特進增封清河郡開國公食邑三
百戶策勳（闕十二字）衛大將軍（闕二字）卿（闕三字）射（闕四字）開府儀
同三司太常卿殿前衛前射生兵馬使加上柱國姑藏
縣開國子沒野波雲麾將軍左金吾衛大將軍上柱國

射生散騎常侍驃騎大將軍左武衛大將軍兼鴻臚卿上柱國殿前射生使清河郡開國公英俊等官秩各有差因留公及屈須彌施英玉供奉射生以沒野波英俊勇冠三軍並令東隨故太尉李光弼于太原後鄴郡瓦斯陣官軍與安慶緒相逼王思禮為其所敗賊勢既盛太尉與思禮相顧氣索沒野波英俊勃然奮怒遂直抵薄河當鋒擊之殺獲二千餘人賊衆方退太尉諸公覩而駭之賞雜綵百尺並以轉分麾下一無所納三軍欽

羨馬沒野波居常謙謹臨事勇鋭戰則先鋒前無强敵捉生遊奕所向必催九節度之圍安陽也史思明悉衆來救沒野波以十五騎過河逆擊之并馬刺倒者數人生擒數十人後擊懷州思明又自來救胷臾之際侵軼柴籬沒野波領甲騎三十禦之賊軍王子人一時摧敗真卿之棄平原也沒野波為賊騎將緩策不追及聞渡河然始奔攝是以得脱於難平原人至今稱之英俊瞪視耽耽姿氣雄果發勁矢持大槍嶷然萬衆之中左右

馳突無不辟易而退甞隨太尉討思明於河陽賊驍騎萬餘於中𬮱城索鬬將莫敢應者英俊挺身奔擊之應槍落者二十餘人英俊被槍刺頰貫喉而出擺首而去之猶殺二人而還太尉壯焉遂以從父兄妻子之故天下之言勇者以没野波英俊兄弟為稱首廣德元年上幸陝州公之諸子皆當扈從公以體貌瓌碩難於舉動方與之死訣没野波為妻公介馬扶奔華州公慮不免謂左右曰我若為賊所得無累我兒子乎汝曹何不殺

我衆人感懼叫然皆哭遂竭力舁公至於行在上深嗟
賞之方極尊榮以終宴喜上天不惠以二年青龍甲辰
冬十有一月甲寅感肺疾薨於上都勝業坊之私第春
秋七十有五親事左右莫不勞面截耳以哭初凌霄之
難公實援立滻水之屯公親總統上之反正父子從焉
帝疇厥功遂有開府儀同三司兼夏州都督之贈夫人
清河郡太夫人交河石氏左衛中郎將珍之孫左金吾
衛大將軍三奴之女溫敏淑慎柔明端雅有女師母儀

之德克懋於家不幸遘疾以天寶十五載春三月八日
先公而薨永泰元年春二月十日壬申與公合祔于萬
年縣之長樂原禮也嗚呼公以沉果之姿抗英威之志
降精昴宿炳粹天街忠肅表於生知義勇形於造次屬
國家多難淪胥以痛壯一心而來事我君貫四時不改
柯易葉義方懇到相攜於契闊之中臣節激昂三見於
危亡之際天子感焉既受腹心之託禁旅資焉俱列爪
牙之地勲庸克茂聲問攸歸叢綵衣於玉帳之前羅五

戟於一門之内不其盛矣昔蕭相國舉宗佐命金日磾七葉珥貂望古儔今可謂同德其孤等闕一字窮孺慕靡所寘哀聿求不朽之辭庶播無疆之美銘曰

北方之强歟十有二姓强哉矯部落之雄者康執兵柄緬乎眇特進誕生兮實登邦政德不擾徼女滅國兮烏蘇不竟愠羣小三瀕九死兮舉族致命丹心皦一門萬石兮彰厥誠敬皇恩暸生爲忠臣兮後有餘慶其不夭家有孝子兮嚴親翊聖王之爪乃立豊碑兮百代遺詠

鴻名表忠孝之際兮於斯為盛遠圖宵

金紫光禄大夫守太子太傅兼宗正卿贈司空上

柱國隴西郡開國公李公神道碑

昔周武以二公股肱王室然而允釐西土師保萬人者其惟召公乎漢室以二傅羽翼儲宫然而亮采東朝儀刑百辟者其惟蕭傅乎則九德之師六行之傅覩賢既美亦何代無其人哉隴西公才為國之垣翰位為天之喉舌德為朝之元老行為帝之信臣蓋所謂宗室之間

生士林之傑出者也公諱齊物字道用隴西成紀人自若水導其靈源而聖人作高丘峻其曾構而才子生玄元為宋帝之先興聖有勤王之舉盛德彌於百祀靈根固於千葉太祖景皇帝功高佐魏慶始封唐家崇八柱之勲地半三分之業亦猶殷人之祖契周室之宗文公即景皇帝之五代孫也鄭王亮之玄孫淮安王神通之曾孫淮安王皇朝開府儀同三司尚書左僕射贈司空盤石開府介圭錫瑞宗周之晉鄭西漢之金張祖孝鋭

鹽州刺史父景龍州司倉贈弘農太守並清白貽範仁賢繼軌連華公族濟美專城公稟乾剛之正性體坤順之中德爰自岐嶷特鍾美秀儼然王公之量鬱有台鼎之姿固已超等夷而出羣萃矣神龍初起家左右千牛備身歴尚輦直長許州司馬華州司兵時方振拔勢已飛騰此則江漢之濫觴嵩華之覆簣也丁太夫人憂公有至性毀瘠過禮扶杖于家哭不絶聲者累月倚廬于墓衣不解帶者終喪天子特降璽書就廬慰勉非常之

澤近古未聞服闋授鴻臚丞除尚輦奉御遷北都軍器監事太原爲一都之雄鎮軍器掌五庫之禁兵故乾沒之贓一徵百萬繕完之利費省巨億少尹嚴挺之連奏課最擢拜長安令陸海殷湊五方浩劇公以威禁暴以恕用刑邑里之人陶然大化遷將作少匠殿中少監太府少卿懷陝二州刺史雖漢之宗室不典三河而周之懿親先分二陝惟良之寄實在於公甞以黃河經砥柱之艱有覆舟之患遂奏疏九派鑿三門屬役而堅冰大

合輿功而烈火潛熾不愆乎素若有神焉人皆以公至誠之所感也又於石獲古銘曰平陸遂以名縣焉玄宗異之賜貂裘一領絹三百疋特加銀青光祿大夫鴻臚卿并公之先隴州府君專城之贈上賞賜公玉尺一詔曰謂之尺度可以裁成卿實多能故爲此賜識者知公必將金玉王度代天之工豈唯從容九列而已拜河南尹仍水陸運使屬左相李公適之尚書裴公寬京兆尹韓公朝宗與公爲飛語所中公遂貶竟陵郡太守時陸

羽鴻漸隨師郡中說公下車召人吏戒之曰官吏有薑
薑不修者僧道有戒律不精者百姓有泛駕蹶弛者未
至之前一無所問而今而後義不相容數年間一境丕
變熙然若羲皇之代矣哀孤重老有隱逸奴道者常騎
馬於里巷之中親自恤問量移安康即日上道老幼遮
擁不得發者三辰轉漢陽蘄春其政如一公虛中自收
接下愈恭與物盡推誠之心正身無氣燄之忌每上春
行令大戶閱農輕裹糇糧重煩縣道化流江漢如時雨

焉故郡歷數四課事第一去思之感人到于今稱之天寶末徵拜將作監重授鴻臚卿縱壑巨鱗還游舊浦陵風勁翮俄返故林時國忠包藏於內 下闕

中散大夫京兆尹漢陽郡太守贈太子少保鮮于公神道碑銘 并序

公諱向字仲通以字行漁陽人也其先出於殷太師周武王封于朝鮮子仲食邑於于因而受氏漢有京兆尹褒褒十二世孫康後魏秦州刺史直閤將軍武威郡公

忠於本朝爲齊神武所害康玄孫匡贊隋冠氏長義寧初通議大夫匡贊生士簡士廸並早孤爲叔父隆州刺史匡紹所育因家於新政士簡士廸皆魁岸英偉以財雄巴署招徠賓客名動當時郡中憚之呼爲北虜士簡生令徽公之父也倜儻豪傑多奇畫嘗傾萬金之産周濟天下士大夫與妻兄著作郎廣漢嚴從善殿中侍御史何千里俱以氣槩相高不肯仕宦竟以壽終天寶九年贈遂寧郡太守廣德元年又贈太常卿公少好俠以

鷹犬射獵自娛輕財尚氣果於然諾年二十餘尚未知書太常切責之縣南有離堆山斗入嘉陵江形勝峻絶公乃慷慨發憤屏棄人事鑿石構室以居焉勵精為學至以鐵鈎其臉使不得睡讀書好觀大畧頗工文而不好為之開元二十年年近四十舉鄉貢進士高第二十六載調補益州新都尉視事二十日謝病去二十七年長史張宥奏充劔南採訪支使宥方謀拔安戎獨與公計畫幕中之事一以咨公司馬章仇兼瓊惡之反代宥

爲節度乃移郡收公月餘仍釋之俄令攝判使事監越嶲兵馬復奏充採訪支使盡護叩南軍事首尾二載冒暑渡瀘者凡一十八度公秉操堅忮吏人望而畏之改授新繁尉充山南西道採訪支使頃之雲南蠻動瓊請公往以便宜從事公戮其尤害者數人蠻夏慴服山南盜賊舊多光大公察其名居悉傾巢穴人到于今賴焉俄拜左衛兵曹例遷也瓊以兩道採訪節度使務悉以委公無何攝監察御史充劍南山南兩道山澤使遷大

理評事充西山督察使五載戶部侍郎兼御史大夫郭公虛己代瓊節制郭以庶務一皆仗公公素懷感激竭誠受委故幕府之事無遺謀焉六載拜監察御史公誅羌豪董哥羅等數十人以靖八州之地郭公將圖弱水西之八國奏公入覲玄宗駭異之即日拜尚書屯田員外郎兼侍御史蜀郡司馬劔南行軍司馬既略三河收其八國長驅至故洪州與哥舒翰隴右官軍相遇於橫嶺鳴鼓而還及郭公云亡慟哭之日公亡矣吾無為為

善乎初郭公對敭天休每薦公有文武之材堪方面之寄至是遂拜公爲蜀郡大都督府長史兼御史中丞持節充劒南節度副大使公當大任既竭丹誠射討吐蕃摩瓛城拔之改洪州爲保寧都護府塹弱水爲蕃漢之界收戶數十萬闢土千餘里屬恩赦命召祇赴京師至臨皐驛上令中貴人勞問賜甲第一區入錫名馬兼供御饌俄拜司農卿將不遠而復十一載拜京兆尹公威名素重處理剛嚴公初善執事者後爲所忌十二載遂

貶邵陽郡司馬濯園築室以山泉琴酒自娛賦詩百餘篇俄移漢陽郡太守下車閉閤唯讀玄經以自適不幸感疾以十三載閏十有一月十有五日終於官舍春秋六十有二十五載春正月歸葬於新政縣嘉陵江之西岸先塋寶應元年追贈衛尉卿廣德元年又贈太子少保公凡著坤樞十卷文集十卷並為好事者所傳於戲公負不羈之才懷當世之志方及知命始擢一第從宦十年超登四岳拔身巴江之下自致青雲之上非夫珪

瑋特達聖賢相遭則何以凌厲沆浮若斯之速既而吉凶糺纆慶弔相隨天睠排於賊臣雄圖屈於促景有足悲矣有子六人仲曰贈左金吾衛郎將昊隨公陷于西珥河力戰而歿季曰前鄉貢明經晃神清才秀先公而卒伯曰壁州刺史昱克篤孝行見稱衣冠公之捐館也萬里迎喪泝湍而皸瘃扳蒼段子章之稱亂也闔門逃賊安親而晨夕板輿叔曰萬州刺史炅雅有父風頗精吏道肅宗之幸鳳翔也謁誠幕府以佐公家今上之命

庶僚也由華原之政驟登省闥作牧萬州政績尤異有詔遷秘書少監尋又改牧巴州幼曰青城尉晏雅曰成都府參軍景皆保家之主亦著令聞公弟晉字叔明篤厚溫敏少以任俠聞事公以悌稱與朋以信著好讀書而不為章句精吏道而尤擅循良再為法官三秉天憲二登郎署一宰洛陽從其兄之討南蠻也兩軍交戰伏忠信而必使其間佐寧國之如回紇也絕域奉辭布皇明而皆得要領肅宗褒異擢拜商州刺史無何超遷京

兆尹不十年而兄弟相代聞者偉之永泰二年秋八月有詔自太子左庶子復拜爲卭州刺史兼御史中丞卭南八州都防禦觀察等使真卿與公同在御史亾兄國子司業允南弟今江陵少尹允臧又與少尹同時臺省既接通家之歡載敦世親之好以爲徂謝雖久所存者徽猷陵谷雖遷不朽者金石銘功纂美敢墜所聞其詞曰

洪範垂休系殷封周鮮于身繇泒漁陽兮世掌漢歷子

孫爲奕代有丕績居定襄兮冠氏促齡二孫夙丁隨宦
不寧肇定疆兮嘉陵森森雲臺矯矯降生京兆爲龍光
兮有武有文剛嚴不羣克懋鴻勲制惟梁兮既靖巴蜀
既清輦轂日聞啓沃播周行兮結友不終孤我深衷如
彼飛蟲反子戕兮郃陽典午漢陽紓組孰云心苦坦行
藏兮天不慭遺哲人其萎反葬江湄咺其傷兮此令有
裕敎忠有素天介景祚熾而昌兮三世尹京二子專城
一門載榮餘慶彰兮豐碑巍巍盛業暉暉舉世是希與

天長兮

顏魯公文集卷六

欽定四庫全書

顔魯公文集卷七

唐　顔真卿　撰

碑四

郭公廟碑銘并序

昔申伯翰周降神於維嶽仲父匡晉演慶於筮淮而猶見美詩人騰芳史册豈比夫神明積高之壤百二懸隅之都三峯發地而削成九派浮天而噴激炳靈毓粹奕

葉生賢括宇宙而稟和總河山而藴秀莫與京者其惟郭宗乎其先蓋出周之虢叔虢或為郭因而氏焉代為太原著姓漢有光禄大夫廣德生孟儒為馮翊太守子孫始自太原家焉後轉徙于華山之下故一族今為華州鄭縣人夫其築臺見師瘞子致養家承金穴之貴政有露冕之高或哲或謀或肅或乂皆海有珠而鳥有鳳也閥閱之盛其流益光隋有金州司倉諱履球府君懋其德輝不屑下位克已復禮州邦化焉篤生唐涼州司

法諱昶府君能世其業以伸其道遠近宗之不隕厥問

生美原縣主簿贈兵部尚書諱通府君清識澈照博綜

羣言始登王畿鬱有佳稱道悠運促靡及貴仕垂于後

昆没而見尊是生我諱敬之府君府君幼而好仁長有

全德身長八尺二寸行中絜矩聲如洪鐘河目電照虬

鬚蝟磔進退閑雅望之若神以仲由之闕一字事兼翁歸

之文武始自涪州録事參軍轉瓜州司倉雍北府右果

毅加遊擊將軍申王府典軍金吾府折衝兼左衛長上

原州別駕遷扶州刺史未上除左威衛左郎將兼監牧南使渭吉二州刺史侍中牛仙客薦君清節奏授綏州遷壽州累加中大夫策勳上柱國以天寳三載春正月十日遘疾終于京師常樂坊之私第春秋七十有八乾元三年春二月以公之寳膺開府儀同三司司徒兼中書令柱國汾陽郡王曰子儀有大勲于王室乃下詔曰故中大夫壽州刺史郭敬之果君子之行毓達人之德才光文武政美中和生此大賢為我良弼頃以孽胡作

亂黔首羅殃朕於是鬱興神武之師克掃攙搶之氣而子儀帥彼勁卒赫然先驅取京洛如拾遺剪凶殘猶振槁功存社稷澤潤生人是用寵洽哀榮義申存殁可贈太保於戲府君體含弘之素履秉冲邈之高烈言必主於忠信行不違於直方清白為吏者之師死生敦交友之分端一之操不以夷險槩其懷堅明之姿不以雪霜易其令用情不間於疎遠泛愛莫遺於賤貧拳拳服膺終始靡二故所居則化所去見思人到于今稱之斯不

朽矣傳曰德盛必百代祀其有後也宜哉恭惟令公先皇之佐命臣也少而美秀長而瓌偉姿性質直天然孝悌寛仁無比騎射絶倫所莅以清白見稱居常以經濟自命弱冠以邦鄉之賦驟膺將帥之舉四擢高第有聲前朝三為將軍再守大郡累典兵要必聞休績天寶末安禄山反于范陽令公以節度使擁朔方之衆圍高秀巖于雲中破史思明于嘉山先帝之幸朔方赴行在於靈武擊同羅于河曲走崔乾祐于蒲坂令上之為元帥

也首副旄鉞會回紇于扶風摧兇冠于汶水追餘孽于陜服長驅河洛弼成睿圖再造生靈克清天步乂函夏之未乂安天下之未安一年之間區宇大定豈不休哉觀其元和降精間氣生德感星辰而作輔應期運以濟時忠於國而孝於家威可畏而儀可象盛德繫物寬身厚下用人由己從善如流沈謀祕於鬼神精義貫於天地推赤誠而許國蹈白刃以率先霆擊於雲雷之初鷹揚於廟堂之上大凡二歷鬥司兩升都座四作元帥九

年中書歷事三聖而厥德維懋易相二十而受遇益深蓋尅復上都者再戡定東京者一其餘麾城摲邑得儁摧鋒亦非遽數之所周也信可謂王國之龍虎生人之蔭庥者歟非太保之邁種不孤則何以鍾美若是況于友于著睦鬱龍虎者十人貽厥有光紆青紫者八九勳庸舉集今古莫儔昔奮號尊榮紅粟纔霑於萬石惲家全盛朱輪不出於十人繇我觀之事不侔矣於乎清廟之興所以仁祖考鴻代之刻亦以垂子孫爰創制於舊

居將永圖而觀德中堂有侐丕搆克崇感霜露而怵惕以增敘昭穆而敬恭斯在庶乎觀盥顒若既無斁於永懷入室僾然必有覿乎其位哀榮既極情禮用申仁人之所及遠哉孝子之事親終矣豈惟溫溫孔父遠稱鑱鼎之銘穆穆魯侯獨美龍旂之祀其詞曰

郭之皇祖肇允虢土逮于後昆實守左輔從華陰兮其一源長流光施于司倉涼州兵部克熾而昌載德深兮其二篤生太保允懋厥道神之聽之永錫難老式如金

兮其三於穆令公汾陽啓封文經武緯訓徒陟空簡帝心兮其四含一不二格于天地愷悌君子邦之攸塈昭德陰兮其五芝馥蘭芳羽儀公堂子子孫孫為龍為光鏘璆琳兮其六乃立新廟肅雍允劭神保是聽孝思孔炤亶居歆兮其七乃立高碑盛美奚殺日月有既巖獻永垂映來今兮其八廣德二年歲次甲辰十一月甲午朔二十一日甲寅建闕三字

銀青光祿大夫海濮饒房睦台六州刺史上柱國

汲郡開國公康使闕一字君神道碑銘有序

君諱希銑字南金其先出于周武王同母少弟衛康叔封之後也史記云成王長用事舉康叔為周司寇賜衛寶祭器以彰有德封子康伯支庶有食邑于康者遂以氏焉代為衛大夫至漢有東郡太守超始居汲郡超之裔孫魏强弩將軍權權生晉虎賁中郎將泰泰生闕一字太守威威生蘭陵令奮節將軍翼隨晉元帝過江為吳興郡丞因居烏程事見山謙之吳興記翼生豫章太守

鎮鎮生征虜司馬建武將軍欽信欽信生宋晉熙王兵
曹參軍贖贖生南臺(闕一字)高高生齊驃騎大將軍孟真
孟真生梁散騎侍郎僧朗僧朗生陳給事中五兵尚書
宗(闕一字)為山陰令子孫始居會稽遂為郡人馬曾祖孝
範江夏王府法曹臨海縣令祖英隋齊(闕二字)騎曹江寧
縣令皇朝隨郡王行軍倉曹父國安明經高第以碩學
掌國子監領三館進士教之策授右典戎衛録事參軍
直崇文館太學助教遷博士白獸門内供奉崇文館學

士贈杭州長史君郎長史府君之叔子也年十四明經登第補右内率府胄曹應詞藻宏麗舉甲科拜祕書省校書郎轉左金吾衛録事參軍應博通文史舉高第授太府寺主簿轉丞又應明於政理舉拜洛州河清令加朝散大夫闕一字州司馬德州長史轉定州屬突厥侵闕一字君以偏師抗之遷海州刺史闕一字功以勅書賜方岳繡袍一領雜綵二百段下車未幾詔擇政術尤異者察使奏公恩制褒異遷濮州加銀青光禄大夫累封汲郡

開國公策勳上柱國轉饒州入為國子司業以闕二字貶房州轉睦州遷台州所至之邦必聞美政開元初入計至京抗表請致仕玄宗允許仍闕一字三年請歸鄉敕書褒美賜衣一襲并雜綵等仍給傳驛至本州冬十月二十有二日不幸遘疾薨于會稽覺肩里第春秋七十一夫人陳郡殷氏太子中舍人聞禮之曾孫右清道率令德之孫闕一字州録事參軍子恩之第五女闕三字先天二年封丹陽郡夫人公薨之年殁於東都章善坊私第春

秋六十九嗣子朝散大夫婺州司馬襲汲郡公元闕一字
會稽縣男元瑾宣州司士京兆府奉先尉會稽縣男元
瑒朝議郎前獲嘉丞元瓌等虔以天寶四載闕一字月四
日窆于山陰縣蘺渚村之先塋卜遠日而葬合焉禮也
嗚呼君負不器之姿包周身之智闕二字且惠慤愿而恭
金玉其相敬明其道文意闕二字二雅所祇政事優闕一字
百闕一字所則嘗撰自古以來清白吏圖四卷仍自為序
贊以見其志宰相黄門侍郎韋承慶中書舍人馬吉甫

等美而同述馬盛行於世赴海州時君兄德言為右臺侍御史闕一字為優師令俱以詞學擅名時同請歸鄉拜掃朝野榮之與狄仁傑岑羲韋承慶嗣立元懷景姚元崇友善至是咸傾朝同賦詩以餞之近代未有此比君之四代祖至于大父為諸王掾屬者七人歷尚書郎給事中侍御史者二人君之先君崇文學府君有文集十卷注駮文選異義二十卷漢書闕一字十卷自述文集二十卷元昆修書學士顯府君文集十卷撰詞苑麗則二

十卷海藏連珠三十卷累璧十卷姪祕書監集賢院侍講學士（闕一字）元撰周（闕三字）累義二十卷秀州長史元瓌著于録寶典三十卷姪刑部員外郎璀男美原尉南華撰代耕心鏡十卷（闕六字）百二十卷君之先君至南華四代進士登甲科者七人舉明經者一十三人時（闕四字）門頗盛美矣君之女曰辦惠盩厔縣令陜郡長史郜象鈛妻君之孫台州司令戶參軍（闕二字）歳而卒汾州司田參軍真弼德州平昌縣令輔旻崇玄學生曙懷州武陟尉

憺宣州南陵尉渭鄉貢明經緯綸皆修身踐言敦詩悅禮紹承餘訓克稟義方及君告老鄒自然陳光璧閭丘景陽陶暹送至越州邑子謝務遷僧陸鑒校書郎陳齊卿恒為文酒之會論者休馬愜求舊之（闕一字）崇乞言之禮天乎不憖其恨若何大歷十一年元瓌（闕九字）乞顧言刋勒懼没徽猷求無愧之詞垂不朽之事顧惟末學曷足當仁銘曰

汲公恂恂德懋（闕四字）多士東南有筠緝熈代業詞章發

身佐軍貔虎典校麒麟三擢崑玉再司闕五字汭驥展河滑驟貳嘉州錫命斯頻繡寵方岳榮加搢紳六登闕一字洽膠庠闕六字華墓表申闕二字見節文昭友仁懸車告老衣錦熙神連壁襲懿梓澤齊彬饋酳未濟春潆遽淪朝紳惋悼遠近悲辛季子象賢恐懼鬱堙闕二字鴻代千秋不泯

遊擊將軍左領軍衛大將軍兼商州刺史武關防禦使上柱國歐陽使君神道碑銘并序

使君諱璡字士佳渤海人其先出自帝顓頊高陽氏漢有歐陽伯和伯和孫高高孫地餘並列儒林晉有堅石著名文苑賢達繼軌其來邈乎六代祖僧寶始自渤海徙居長沙五代祖頠陳山陽郡公高祖紇陳開府儀同三司左屯衛大將軍交廣等十九州諸軍事廣州刺史襲山陽郡公功業並著于前史曾伯祖詢皇朝銀青光禄大夫給事中率更令崇賢館學士以詞學德行見重前朝筆法孤標垂名不朽曾祖肖年十七以門子入侍

見賞太宗十八加正議大夫魯王傅奉使和突厥不拜
虜庭朝廷嘉之回封南海郡公施光二州刺史祖諶洛
州鞏縣令父機漢州什邡令以休懿傳世著聞于家邦
使君即什邡之四子志尚恬曠頴精於詩易春秋尤明
吏術所居則理開元十八年解褐安西大都護府參軍
充湯嘉惠節度推勾官外憂去職服闋補北庭大都護
府戶曹參軍節度使蓋嘉運奏授金滿令仍充營田判
官以破賊功當遷請回授幼弟孤姪者三人敎義稱之

二十九年河西節度使奏授晉昌郡戶曹參軍攝晉昌令轉張掖郡張掖令攝司馬知郡事按吏贓罪罪人誣訟于使司百姓苗秀康順忠等三十人皆截耳稱寃節度使王倕駭馬奏與上下考轉岳州長史時屬荒旱人多莩餧君以祿俸職田并率官吏食餓者千餘人凡月餘遂多全活劒南節度使楊國忠奏知三峽轉運攺衡陽郡長史賜緋魚袋天寶末羯胡作亂統江湖之兵先至南陽加賜紫金魚袋充魯炅南陽節度副使攝淮南

郡長史充當郡防禦使時南陽為賊所圍諸將選懦莫敢先救至德元載君以當郡防禦士至新野芙蓉鄉遇賊合戰斬其將犯圍而入炅壯而德之賊圍解加遊擊將軍左金吾衛中郎將兼南陽郡司馬遷右驍衛將軍兼上洛郡太守充武關防禦使肅宗降璽書云卿以特達之姿抱殊常之畧武關防守委卿一人屬賊陷商於復圍（闕六字）淅川以保又人吏逆賊悉力來攻六十餘日糧盡救絶遂陷賊庭賊將甘言怵君令至城下以紿炅

君忠勇感激捨生徇義抗聲謂炅曰鳳翔諸將已収長安雖不能效死軍前辱大夫所使願大夫保守忠義克終令圖賊以兵刃毆君君志氣彌厲因被執送洛陽令天子収復兩京僅得脱禍其事具向城令王瀟南陽記炅又奏君充節度兵馬使君遂辭疾不行税駕于鄭之别墅君所居以清白廉慎聞于朝廷禄俸之餘必賙親族之貧者先疇舊業悉畀羣從一簪不私于其身又常持誦金剛淨名經向逾三紀不茹葷血者十年至是無

儋石之儲而處順安時不改其度蓋澹如也識者歸高焉粤以上元二年秋九月十四日寢疾而終春秋六十有五夫人高平徐氏安西都護高平縣公欽識之女婦順母儀克明休德以大歷二年夏六月二十五日終于岳州客舍享年五十有六其孤嵩泉中子崙少子峯等銜恤允窮竭力襄事以大歷十年冬十月二十四日合祔君泉夫人于滎澤縣廣武原遵理命也崙不遠千里泣而求棠敢述無愧之詞式揚不朽之烈銘曰

猗那使君世闕一字清芬顓經飾吏休有令聞天子命我參卿西軍騶還大縣克懋殊勲讓行親睦耳截寃分縻禄食餓馳師解紛孤城再邑罷卒益振麾守商於移兵淅瀆綢繆宸睠焜燿天文力盡冠多師陷身屯詭詞紿賊解路是羣脱禍歸朝義高天雲乞骸廷闕税駕洧溱志敦禪誦茹絶羶葷處順齊終聊樂我云刻諸金石永永不泯

顏魯公文集卷七

欽定四庫全書

顔魯公文集卷八

唐　顔真卿　撰

碑五

朝議大夫贈梁州都督上柱國徐府君神道碑銘

自古遭盛名而功不立都卿相而名不稱者蓋有之矣其或荷丕構而繼志不忘在下位而能伸其道克揚前烈以承後昆其唯徐君乎君諱秀東海郯人也其先出

於伯益實掌舜虞裔孫偃王躬行仁義遂因國命氏焉厥後樂以文侍金門稱以禮優塵榻仙人寄傲於賢聖偉長首冠於應劉英達相仍有自來矣宋有中書侍郎逵之司空羨之兄祕書監欽之欽之子尚書僕射中書令湛之湛之生黄門侍郎聿之聿之生齊太尉孝嗣孝嗣生梁侍中緄緄生陳五兵尚書君敷君敷生丹陽尹温自司空已還四為上公五降帝女尹生隋民部侍郎唐贈祕書監諱恕監生金紫光禄大夫右散騎常侍兼

禮部尚書諱筠尚書生庫部郎中萬年令太子詹事諱昕皆以盛德濟美垂于世家君即詹事第三子也幼而聰悟篤學能屬文事繼親以孝稱十餘歲時父友鳳閣侍郎姚元崇示君五百字詩一覽便誦姚公奇之因謂納言狄公曰徐子珠華玉潔闕二字後但不知命何如耳年十五為崇文生應舉考功員外郎沈倫期再試東堂壁畫賦公援翰立成沈公駭異之遂擢高第調補幽都縣尉充相國尚書趙彥昭朔方節度判官以事去職又

歷蔡州參軍為御史宋遥闕内覆因判官公鋭精鞫訊多所全活宋公以為言公正色謂之曰僕從祖父司刑卿天授中詳理寃獄振雪者七十餘家今子孫猶困於襄陵豈忍以東濕之事以自便也因頓首請去宋謝而留之無何或訟寃於執事者召公問狀則他判官之為也宋欲别白旌公公曰僕雖不材豈可藉人之過以為已功乎論者休之戶部侍郎徐知仁請為招慰南蠻判官奏課居最轉瀛州司法參軍侍御史趙頤貞辟宣慰

判官歷湖州德清長城潤州丹陽三縣令天寶二載春二月加朝散大夫敕攝新安郡別駕採訪使齊澣梁昇卿並奏為判官六載秋七月拜臨淮郡長史加朝請大夫九載夏四月除濟南郡司馬加朝議大夫十二載春三月拜信都郡長史不幸感疾天寶十三載秋七月九日終于郡之官舍春秋七十公先世塋壠宅于京師少陵原詹事府君巡按河南薨于洛汭因葬于緱氏縣西南大冠原公啓手足也顧命其子今侍御史繽曰吾家

代儉約不欲華衆歸全之後其以布車一乘虞祔先塋縯泣而奉之及其葬也塋小無便地於次東馬鞍山下得紫龍飲乳罔之原龜筮從也夫人南陽縣君樊氏户部尚書子蓋之曾孫袁州刺史文器之孫廬江太守季節之女仁孝柔明閑於禮度左右圖史雅善琴碁中外孤弱躬自収視俾夫遠近咸懷安之春秋六十有八棄堂帳于相州之安陽天寶十五載秋八月十有四日爰遵周公之典而合祔焉禮也廣德二年春二月皇帝有

事于南郊追贈君都督梁州諸軍事梁州刺史夫人南陽郡太君蓋以縯簪白筆於赤墀董財賦於巴漢是用有永錫之寵紆褒崇之命哀榮之盛不其至矣君凡四為綱佐六奉使軒所至之邦必聞異績舉天下之政事莫不咨折中焉闕二字清貧室無長物孤煢叢萃皆仰于君既嬰沈痼之疾綿歷三載縯請就上國之醫庶其逢吉君曰闔門之資者寸禄也闕三字命也吾不以一身易百口竟不從而没識者哀之或謂君曰吾奉養發姊用

度萬錢（闕一字）粻諸姑縑繞五兩姑見（闕三字）君笑而不答退謂續曰吾見其撫孤不見其怨德教義之士有以見其用心也君怡淡寡欲雅好攝生在新安或指靈叟於（闕一字）君齋心四日罙入其阻而後覯之訊其由來陳思王東閣祭酒蔣覬也說魏時事歷歷可聽君稽首而蘄之叟曰從我乎必可度世君以王事靡盬退而辭焉比迴顧則為茅草矣初君上計濟南展羣祖之墓松櫝森然巖猷莫紀（闕一字）居論譔（闕一字）日（闕一字）成先德之不忘

闕三字繫是舉也嗚呼君體闕二字之上姿恬曠之夷度寬明足以濟衆和義足以長人口絶莠言目無還視立身先張仲之志與朋服子路之言内行可以質神明清規可以勵風俗宜克享胡耇荷天之寵光輔乎漢之得人高視乎周之列位而道之將喪命不偶時屈與驥於身前闕四字歿後吁足嘆也春秋貴九世卿族漢史稱七葉珥貂陪臣於下士闕二字絶屬於天潢戚里豈比夫登台者四世尚主者五人焜燿於數朝之間蟬聯於百世之

下可同年而語矣縝懿文懋學峻節清標天寶末陷居賊中為偽命連辟辭疾不起謀使家人與本朝通計為部曲所發遂遭禁詰一日之中議刑者數焉俄而官軍大至賊黨奔北由是獲免乾元中奉使巴渝屬段子璋搆逆流輩十人皆被屠害以縝高名欲留同惡期之以死承劍不回闕一字諸道徵求之不堪命縝至之邦必荷仁信如期而畢則闕三字將崇必復之矣寧止當朝之望俾銘功伐敢墜斯文其辭曰

益為帝虞偃不異闕一字世表東海其惟徐乎或武或闕一字或哲或儒闕二字後昆厥德不孤猗郍都督克懋遠圖邦國四佐輶軒六祖樹聲長世與道為徒爰覲幽闕一字無寧集枯闕六字何闕一字仁義都盡彭殤曷殊所嗟人紀莫展嘉謨馬鞍山北龍乳岡隅於馬崇祔先志靡渝豐碑崔嵬宰樹縈紆闕六字沾濡

京兆尹御史中丞梓遂杭三州刺史劍南東川節度使杜公神道碑銘并序

征鎮四出鑿門之寄崇邦幾千里内史之官最非夫任
均周召名軼趙張則何以展心膂之謀光銛篇之製者
矣公諱濟字應物京兆杜陵人晉征南大將軍當陽侯
元凱十四代孫周禮部侍郎殿内監闕一字棠公懿之來
孫隋符璽郎乾祐之玄孫皇度支員外主客郎中續之
曾孫朝散大夫明堂丞贈潤州刺史讓之孫高陵令贈
太子少保惠之第三子也器識通簡履懷坦易以文飾
吏用晦而明逗機而舉無遺譎溢事而照有餘地早歲

以寢郎從調書判超等爲李吏部彭年所賞補梁州南鄭主簿州主司馬垂爲山南西道採訪使引在幕下俄丁内艱終制轉許州長社尉陽光翽都督隴西奏公爲法曹皇甫侁採訪江西奏公爲推官授大理司直攝殿中侍御史賜緋魚袋尋正除殿中俄宰鄠縣相國李峴尹京兆奏公爲渭南尉僕射裴冕爲劍南奏公爲成都令遷綿州刺史賜紫金魚袋屬徐知道作亂使裨將曹懷信招公公執以歸朝除户部郎中加朝散大夫廣德

中檢校駕部郎中上柱國公善與人交於嚴武情均莫逆武再充劒南節度為武行軍司馬郭英義之代武也矯宣恩命毁玄宗宫為節度使宅公驚其異謀移疾不視事令司空冀國公崔寗既誅英義請知使事公堅卧不起仍俾通泉令今前殿中侍御史韋都賔密使家僮潛表事實大厯初杜鴻漸分蜀為東西川公為副元帥判官知東川節度拜太中大夫綿劒梓遂渝合龍普等州都防禦使梓州刺史兼御史中丞公以威信馭戎寛

明溢俗克念八州之地闕一字靖兩川之人朝廷嘉之尋拜東川節度使俄而移軍復爲遂州都督徵拜給事中閒歲拜京兆少尹明日遷京兆尹出爲杭州刺史不逾周歲仁風大行不幸感疾又聞代到請尋醫于晉陵以大歷十二年歲次丁巳秋七月二日辛亥薨于常州之別館春秋五十有八夫人京兆韋氏曰平仲房州刺史景駿之孫禮部尚書琅邪王丘之外孫太子中舍迪之第三女也精識高明正家柔克移天有幹夫之蠱宜室

多綏族之仁六姻稱其壼則四德被於彤管生三子四女而公即世夫人晝哭茹毒星言割哀留子壻祕書省校書郎范陽盧少康泉二子匡陟緝寧家殘獨與子肅匍匐萬里以祇護喪櫬冬十一月至上都二十四日壬申虔窆公于萬年縣洪原鄉之少陵原祔先塋也仍自為祭文以抒意其略曰周旋吳蜀備歷艱危不陷寇難賴君攜持一朝孤立更復何依魚失水而鱗悴樹無根而葉萎詞理精婉才情懇到聞者傷愍焉於戲公以傑

俊之材當艱虞之際伸其智略宣力盛時頡頏鴛鷺之間總統龍犀之節旋登瑣闥驟陟尹畿方當焜燿高衢升凌台序而一麾出守鍛翮江皐竟吉往而凶歸齎此志而歿地吾道憯矣真卿何幸得忝維私未終倚玉之歡遽切據梧之恨吁足痛也銘曰

杜侯峩峩令聞猗那其用于世為猷匪他理稱易簡政絕煩苛州縣發跡雲霄切摩化存江滸威肅岷嶓巴蜀靖謐精誠孔多瑣闈久拜亞尹遄過始陟京兆旋移浙

河云如不吊遘此凶瘥哲婦哭晝獲喪崩波祔于先壟
映蔚脩柯曷用表德勒銘壙阿

顔魯公文集卷八

欽定四庫全書

顔魯公文集卷九

唐　顔真卿　撰

碑六

晉紫虚元君領上真司命南嶽夫人魏夫人仙壇

碑銘并序

夫人諱華存字賢安任城人晉司徒劇陽文康公舒之

女也師于小有清虚真人王裒裒命中候上仙范邈為

立傳其略云夫人挺瓊蘭之流映體自然之靈璞志逸雲霞明潔鮮蔚天才卓異玄標幽挺少讀老莊三傳五經百子無不該覽性樂神仙味真慕道少服胡麻散茯苓丸吐納氣液攝生夷静親戚往來一無聞見常欲别居閒處父母不許年二十四强適太保掾南陽劉文幼彦生二子璞遐幼彦後為修武令夫人心期幽靈精誠苦盡逮子息粗立乃離隔室宇齋于别寢清修百日忽有太極真人安度明東華大神方諸青童扶桑碧河湯

谷神王景林真人小有仙王清虛真人王襃來降襃謂
夫人曰聞子密緯真氣太帝君敕我授子神真之道青
童曰清虛爾之師也度明曰子苦心求道道今來矣景
林曰虛皇鑒爾勤感太極已注子於王札子其勗哉青
童又曰子不受聞上道内法晨景玉經者仙道無緣得
成也後日當會陽洛山中爾勤密之矣三君乃命侍女
開玉笈出太上寶文八素隱身大洞寘經高仙羽玄等
書三十一卷手授夫人焉此皆王君昔遇南極夫人西

城真人王方平於陽洛山所受之本經也山中有洞臺是清虛之别宫王君至是北向祝誓於夫人曰太上三元九皇高真虛微八道玉清玉泉裒為太帝所救于魏華存又說太極白簡青籙金刻玉文有得見此三十一卷書者之姓名也凡此寶書起自清虛真人受太師西城王君紫元夫人從是當七人得之以白玉為簡青玉為字至是夫人為四矣於是景林又授夫人黃庭内景經令晝夜誦讀萬遍得乃洞觀鬼神此乃不死之道也

於是四真吟唱各命玉女彈琴擊鐘吹簫合節而發歌歌畢王君乃解語夫人向所授書存思指歸寶經節度行事口訣諸要粗訖徐乃别去凡二夕一日共會在曲静之中自此之後王君及西城真人諸元君夫人互有來往或與隔壁共庭初不駭悟已而幼彦以暴性殞世值天下荒亂夫人撫養内外傍救窮乏超群先覺乃攜細小徑來東南及兒息各大並處官位至于守静之思與日而進也凡在世八十三年以成帝咸和九年歲在

甲午王君乃與東華青童來降與夫人靈藥兩劑使頓服之尅期會于陽洛宫夫人服藥稱疾閉目寢息飲而不食七日夜半太一玄仙遺飈車來迎夫人用藏景之法託形神劍化成死骸始終外朗仙化内逸冥變隱適從此而絶子璞時為庾司空司馬遐時為陶太尉從事中郎安城太守故夫人自此隱化淪景須臾至陽洛山明日青童君太極四真人清虚王君三天法師張道陵等凡四十七真人降教夫人於隱元之臺王君令夫人

清齋五百日讀大洞真經并分別登真祕奧道陵授以新出明威章（闕一字）入靜存祝吏兵符籙之訣衆真各標至訓三日而去道教所以備教委曲者以夫人在世為女官祭酒領職理故也夫人遂修齋讀經誦研萬過積十六年顏如少女於是龜山九靈太真西王母金闕聖君南極元君乃共來迎夫人遂白日升晨北詣上清宮玉闕之下太微天帝中央王老君三素高元君太上玉晨太道君太素三元君扶桑大帝君金闕後聖君各令

使者致命授夫人玉札金文位為紫虛元君領上真司命南嶽夫人比秩仙公使治天台大霍山洞臺之中主下訓奉道教授當真仙者而男之高仙曰真人女曰元君於是夫人受錫事畢王母及金闕聖君南極元君各去使夫人於王屋小有之中更齋戒三日畢九微元君龜山王母三元夫人馮雙禮珠衆諸衆位並降夫人於小有清虛上宫絳房之中時夫人與王君為賔主焉神肴羅陳金觴四奏名命侍女陳曲成之鈞九雲合節八

音零粲於是西王母擊節而歌歌畢馮雙禮珠彈雲璈而答歌餘真人各歌須臾司命神仙請隸屬及南嶽神靈迎官並至龍旂龍輦激曜數百里中西王母諸真乃共與夫人東南行俱詣天台霍山臺又便道過句曲金壇茅叔申宴會二日二夕又共適于霍山夫人安駕玉宇然後各别初王君告夫人曰學者當去疾除病因受甘草丸所謂穀仙方也夫人服之而仙夫人能隸書為王君立傳事甚詳悉又述青精䭀飰注黃庭內景經自

後屢降茅山子璞後至侍中蒙使傳法于司徒琅邪王舍人楊羲護軍長史許穆穆子玉斧並升仙事具陶弘景真誥所呼南真即夫人也初夫人既渡江徧遊名山至臨川郡臨汝水西立壇置精舍院東百餘步造冢壙又於石井山建立壇場往來遊憩歲月深久榛蕪滃翳雖備載圖經而略遺無跡有唐女道士黄令微道行高遠八十而有少容蹀屣而行奔馬不及時人見其顏色殊異號曰花姑聞夫人靈迹長壽二年歲在壬辰冬十

月乃訊于洪州西山道士胡超超能通神明遥指郭南六里烏龜原有石龜每犯田苗被人擊首折其處是也姑與道流尋訪見龜在壇中央其下得尊像油甕鎗刀燈盞之類俄夢夫人指九曲池於壇南獲之塼砌猶在景雲中睿宗使道士葉善信將繡像幡花來修法事仍於壇西置洞靈觀度女道士七人開元初玄宗使醮祭祈禱不絶每有風雨或聞簫管之聲入室禮謁必須嚴潔不爾必有虵虎驚吼之異時時有雲如烏鳥羣飛垂

帶直下壇上倏忽不見西出如向井山前後非一已而花姑肹蠁閒如有告者曰井山古跡汝須崇建俄聞異香從西來姑行宿洞口聞鐘磬之音遲明入山果遇壇殿餘趾遂建立屋宇屢聞仙梵之響環壇數里有採斫及不精潔者必有怪異之警有野象中箭來投花姑姑為拔之後每齋前則銜蓮藕以獻姑開元九年姑欲上升告弟子曰勿釘吾棺可以絳紗冪之已而霆雷震擊紗中有孔大如鷄卵棺中唯有被覆木簡屋上穿可容

人座前莫瓜數日生蔓結實如桃者二每至忌辰則風雨鬱勃直入室內玄宗聞而駭之覆視明白使道士蔡偉編入後仙傳二十九年春三月乙酉使道士齎龍壁來醮忽有白鹿自壇東出至冢間而滅五色仙蛾集壇上刺史范陽張景佚以為聖德感應立碑頌述天寶八載以夫人得道升仙之所度女道士二人見修香火大歷三年真卿叨刺是州言崇禮謁郊郭蒙邃藿蒲震驚女弱曹逃豺狼竄聚真儀如在壇殿巋然瞻仰徘徊悄

焉若夬有仙壇觀道士譚仙巖者修真日遠法侶是宗請以男官黃道士二七人抽隸洞靈共申灑掃高行女道士黎瓊仙七人萃居壇院精力住持已久率勵往來增修觀宇從之不日遹暨厥成仙迹之載崇師之力也敢備其本末而為頌云銘曰

紫虛元君維魏夫人位列五嶽名高七真凝華台肩奪志劉嬪太帝昭懇清虛降神羣仙畢會玉笈斯陳服道日損精心益勤蜕形神劍託馭飈輪適抵陽洛遄登隱

元黄庭朗詠白日升晨西降王母東過叔申傳法侍中許楊或作陽非為鄴伊昔南渡爰居汝濱壇場處所埋没荒榛實賴花姑誌于胡尊果獲靈迹烏龜之原次尋井山實叶曩言嫣然簡解紗冪空存野象銜藕靈瓜吐根怪異昭彰不可殫論二聖竦駭屢崇明因于嗟女弱香火堙淪真卿刺州謁拜思頻乃命仙子增修儁新花姑侍傍異代同塵曷表玄德銘功翠珉垂諸來裔坱軋無垠

撫州臨川縣井山華姑仙壇碑銘并序

華姑者姓黄氏諱令微撫州臨川人也少乃好道風神卓異天然絶粒年十二度為天寶觀女道士年八十髮白面紅如處子狀時人謂之華姑躡屐而行奔馬不及聞魏夫人仙壇在州郭之南草木榛翳結廬求之不得長壽二年歲在壬辰冬十月壬申朔訪于洪州西山胡天師天師名超能役使鬼神見其懇切遥指姑所居南二百步曰烏龜原中有石龜每蹂踐田苗百姓患之乃擊斷其首即其處也明日與姑登山顧望西面有水池

焉天師謂姑曰池中有所見乎曰無師遂舉左手令姑自腋下觀之四仙浴焉師曰汝有道分必當得之因留與語數日虔誠尋訪遂獲石龜於壇中央掘其下得尊像及刀鋸各一油甕五口燈盞數十箇天后聞之盡收入内姑嘗於旦夕精思想象之間忽有告曰壇南有九曲池汝可開之姑從而獲焉塼砌盡在他日有異香綵雲從西南而來其夕夢有人謂姑曰井山道塲何不修葺姑未及往忽然感疾姑曰得非違尊教所致乎翌日

病愈又聞異香而宿于谷口聞鐘聲遲明入山果獲壇殿地砌北半峯有自然石井深可三尺濶丈餘故名井山天欲雨則雲霧先起姑既建置精舍時聞仙梵之音環壇五七里間莫敢樵採姑遂灑掃修葺極其力焉人或不潔不誠必遭蛇虎怪異之警迷不能出矣至今猶然有野象為獵人所射來姑前姑為拔箭其後每至齋時即銜蓮藕以獻姑開元九年欲上昇之際忽謂弟子曰不須釘吾棺可以絳紗冪之數夕有雷震繞視紗頂

孔如鷄卵屋穿容人棺中唯被覆木簡而已弟子奠瓜數日生蔓長數尺結實二顆其大如桃姑同學弟子黎瓊仙恒服茯苓胡麻絶粒四十餘秋年八十齒髮不衰六七歲時親覩其事每至忌辰即風雨蓊鬱直入室内村墅路人往往見綵雲白鶴飛入洞口清齋行道時每有一朱鬃白馬在壇側逼之則奔而出外捨之則隨而復來靈異昭彰不可談悉仙巖史玄同左通玄等每至三元恒修齋醮大歷三年真卿獲刺是州明年春三月

山下有女道士曾妙行夢一女師令上層華樹層層掇飡及悟猶飽因是不食甞於觀中見黎瓊仙跪而拜曰夢中所見乃尊師也因請依之于今覺韶顔潤澤度修香火於此山遐邇駭慕焉於乎昔麻姑得道而名山南真仙昇於龜原華姑翥於兹嶺瓊仙妙行接踵而出非夫天地肹蠁從古以然則何以仙氣氤氲若斯者矣真卿幸因述職親覩厥猷若黙而不言則來者奚述乃為銘曰

綽綽華姑真仙品徒芳蓮比色逸駿爭驅南郭從魏西
山訪胡腋窺浴泉原獲龜鳥靈跡既儼曲池猶汚罔新
廟貌煥發規模名曰井山終焉不逾象來藕獻禹見鬃
朱簡解空存紗穿上祖莫瓜吐實藹室雲趨妙行精持
高真是俞勒銘翠琰永播玄都

浪跡先生玄真子張志和碑 有序

士有牢籠太虛撖掖玄造擺元氣而詞鋒首出軋無間
而理窟肌分者其唯玄真子乎玄真子姓張氏本名龜

齡東陽金華人父遊朝清真好道著南華象罔說十卷又著沖虛白馬非馬證八卷代莫知之母留氏夢楓生腹上因而誕焉年十六遊太學以明經擢第獻策肅宗深嘗賞重令翰林待詔授左金吾衛録事參軍仍改名志和字子同尋復貶南浦尉經量移不願之任得還本貫既而親喪無復宦情遂扁舟垂綸浮三江泛五湖自謂烟波釣徒著十二卷凡三萬言號玄真子遂以稱焉客或以其文論道縱橫謂之造化鼓吹京兆韋詣為作

内解玄真又述太易十五卷凡二百六十有五卦以有無為宗觀者以為碧虛金骨兄浦陽尉鶴齡亦有文學恐玄真浪跡不還乃於會稽東郭買地結茅齋以居之閉竹門十年不出吏人嘗呼為掏河夫執畚就役曾無忤色又欲以大布為褐裘復徐氏聞之為織纊一製十年方暑不解所居草堂椽柱皮節皆存而無斤斧之跡文士效柏梁體作歌者十餘人浙江東觀察使御史大夫陳少遊聞而謁之坐必終日因表其所居曰玄真坊

又以門巷湫隘出錢買地以立閈閎旌曰迴軒巷仍命評事劉太真為敘因賦柏梁之什文士詩以美之者十五人既門隔流水十年無橋陳公遂為創造行者謂之大夫橋遂作告大夫橋文以謝之常以豹皮為度騣皮為屩隱素木几酌班螺盃鳴榔杖拏隨意取適垂釣去餌不在得魚肅宗嘗錫奴婢各一玄真配為夫妻名夫曰漁僮妻曰樵青或問之曰漁僮使捧鈎收綸蘆中鼓枻樵青使蘇蘭薪桂竹裏煎茶竟陵子陸羽校書郎裴

修嘗謂問有何人往來答曰太虛作室而共居夜月為燈以同照與四海諸公未嘗離别有何往來性好畫山水皆因酒酣乘興擊鼓吹笛或閉目或背面舞筆飛墨應節而成大曆九年秋八月詢眞卿于湖州前御史李崿以縑帳請焉我揮灑横抪音布而纖纊霏拂亂槍而攢毫雷馳須臾之間千變萬化蓬壺髣髴而隱見天水微茫而昭合觀者如堵轟然愕眙在坐六十餘人玄眞命各言爵里紀年名字第行於其下作兩句題目命酒以

蕉葉書之授翰立成潛皆屬對舉席駭歎竟陵子因命畫工圖而次焉真卿以舴艋既敝請命更之答曰儻惠漁舟願以為浮家泛宅沿泝江湖之上往來苕霅之間野夫之幸矣其詼諧辯捷皆此類也然立性孤峻不可得而親踈率誠澹然人莫窺其喜慍視軒裳如草芥屏嗜欲若泥沙希跡乎道丈夫同符乎古作者莫可測也忽焉去我思德茲深曷以寘懐寄諸他山之石銘曰

邈玄真超隱淪齊得喪甘賤貧泛湖海同光塵宅漁舟

垂釣綸輔明主斯若人豈烟波終此身

茅山玄靖先生廣陵李君碑銘 有序

先生姓李氏諱含光廣陵江都人本名弘以孝敬皇帝廟諱改焉二十一代祖宏江夏太守避王莽徙居晉陵遂為郡人高祖文嶷陳桂陽王國侍郎曾祖榮皇朝雷州司馬祖師龕隱居以求其志徙于江都父孝感博學好古雅修彭聃之道與天台司馬鍊師子微為方外之交尤以篤慎著于州里考行議謚曰正隱先生母瑯琊

王氏賢明有德行先生孩提則有殊異晬日獨取孝經如捧讀馬鬣卝好靜處誦習墳典年十八志求道妙遂師事同邑李先生遊藝數年神龍初以清行度為道士居龍興觀尤精老莊周易之深趣執喪過哀口不嘗甘旨之味食惟穬麥而已封植膳羞皆經其手號毀骨立親族莫不傷之開元十七年從司馬鍊師於王屋山傳授大法靈文金記一覽無遺綜核古今該明奧旨玄宗知先生徧得子微之道乃詔先生居王屋山陽臺觀以

繼之歲餘請居茅山纂修經法頻徵皆謝病不出天寶四載冬乃命中官齋璽書徵之既至延入禁中每欲諮稟必先齋沐他日請傳道法先生辭以足疾不任科儀者數焉玄宗知不可强而止先生嘗以茅山靈跡剪焉將墮真經秘籙亦多散落請歸修葺乃特詔於楊許舊居紫陽以宅之仍賜絹二百疋法衣兩副香爐一具御製詩及序以餞之又禁於山側採捕漁獵食葷血者不得輒入公私祈禱咸絶牲牢先生以六載秋到山是歲

詔書三至渥澤頻繁暉映崖谷初山中有上清真人許長史楊君陶隱居自寫經法歷代傳寳時遭喪亂散逸無遺先生奉詔搜求悉備其跡而進上之先是玄宗將求大法請先生為師先生竟執謙冲辭疾而退曁七載春玄宗又欲受三洞真經以其年春之三月中書齋璽書云其月十八日尅授經誥是日於大同殿潔修其事遂遥請先生為玄師并賜衣一襲以伸師資之禮因以玄靖為先生之嘉號焉仍詔刻石於華陽洞宫以誌之

是歲夏五月隱居先生合丹之所有芝草八十一莖散生於松石之間詔俾先生與中官啓告靈仙緘封表進夏又詔以紫陽觀側近二百戶太平崇元兩觀各一百戶並蠲其官傜以供香火秋七月又徵先生既至請居道觀以養疾九載春辭歸舊山其年夏六月前生靈芝之所又産三百餘莖煌煌秀異人所莫覩先生又圖而奏之是歲冬又徵先生於紫庭別院館之十載秋先生又懇辭告老御製序詩以餞之十有一載先生奉詔與

門人韋景昭等於紫陽之東欝岡山别建齋院立心誠肅是夜仙壇林間遍生甘露因以上聞特詔嘉異初隱居先生以三洞真法傳昇玄先生昇玄付體玄先生體玄付正一先生正一付先生自先生距於隱居凡五葉矣皆總集妙門大正真法所以茅山為天下道學之所宗矣於戲是非可齊也我物均焉生死可忘也覺夢同焉如此可域心於變化之際哉先生以大歷巳酉歲冬十一月十有四日遁化於茅山紫陽之别院春秋八十

有七其年十二月八日門人赴喪而至者凡數千人號
奉冠舄遷窆於雷平山之西陲遺命以松棺竹杖木几
水瓶香奩香爐置於藏門内弟子等仰奉嘉猷克遵儉
德先生才識真淳業行高古道窮情性之本學冠天人之
際所以優游句曲鬱為王者之師出入明庭特寵肩輿
之貴是知順風而問者稱於黄帝望山而請今見於玄
宗矣又博覽羣山長于著撰嘗以本草之書精明藥物
事關性命難用因循著音義兩卷又以老莊周易為潔

靜之書著學記義略各三篇内學記二篇以續仙家之遺事皆名實無違詞旨該博初先生幼年頗工篆籀而隸書尤妙或賞之云賢於其父因投筆不書玄宗詔山人王畋强請先生楷書上經一十三紙以補楊許之闕先生能於陰陽數術之道而不以藝業為能極於轉鍊服食之事而不以壽養為極但冥懷素朴妙味玄津非夫博大之至人孰能盡於此真卿以乾元二年昇州刺史充浙江西節度欽承至德結慕玄微遂專使致書於

茅山以抒誠懇先生特令韋鍊師景昭復書於真卿恩眷綢繆足勵超然之至然可師可仰望紫府而非遥王事不遑寄白雲而悠遠於大曆六年真卿罷刺臨川旋舟建鄴將宅心小嶺長庇高蹤而轉刺吳興事乖夙願徘徊郡邑空懷尊道之心瞻望林巒永負借山之記而景昭泉郭閎等以先生茂烈芳猷願銘金石乃邀道士劉明素來託斯文真卿與先生門人中林子殷淑遺名子韋渠牟嘗接真率之遊緒聞含一之德敢强名於巷黨

曷足辨於鴻濛其詞曰

抱一混茫人之紀綱先生以之氣王神强乃啓玄扃玄門以彰乃為帝師帝道惟康甘露呈瑞靈芝効祥上士云感高風再揚鶴返仙廟雲辭帝鄉退歸而老妙識行藏德本無累道心有常實曰形解孰云坐亡代石表墓勒銘傳芳谷變陵遷厥跡彌光

顔魯公文集卷九

欽定四庫全書

顔魯公文集卷十

唐 顔真卿 撰

墓碣墓誌

曹州司法參軍祕書省麗正殿二學士殷君墓碣銘

善父母之謂孝睦昆友之謂悌孝悌也者其人之本歟經天緯地之謂文博古知今之謂學文學也者其德之

藴歟誰其兼之即我伯舅殷君其人矣君諱踐猷字伯起陳郡長平人五代祖不害舊集作不古非以孝見梁書高祖英童周御正中大夫麟趾學士曾祖聞禮唐太子中書舍人弘文館學士祖令言校書郎淄川令父子敬太常博士吳令累葉皆以德行名義儒學翰墨聞於前朝君即吳縣之元子幼而聰悟絶倫長而典禮不易年十三日誦左傳二十五紙讀稽聖傳一徧亦誦之博覽羣言尤精史記漢書百家氏族之説至於陰陽數術醫方刑

法之流無不該洞焉與賀知章陸象先我伯父元孫韋述友善賀呼君為總龜以龜千年五聚問無不知也君性方正志業淳深識理清遠人皆望而服之解褐杭州參軍刺史宋璟以相國之重簡貴自居無所推揖每見君必特加禮敬政事之議諓者皆咨決焉開元初舉文儒異等授祕書省學士尋改曹州司法參軍麗正殿學士與韋述袁暉同修王儉今書七志及羣書四録流别銓次皆折衷於君璟與蘇頲既入相每引君詢以當代

之務友于兄弟羣從宗黨必盡紉綏之恩長妹蘭陵郡
太夫人真卿先妣也中年孀嫠遺孤十人未能自振君
悉心訓奬皆究恩意故能長而有立開元九年秋七月
九日有叔父臨黄尉子玄之喪哀慟嘔血終于京師通
化坊之私第夫人蘭陵蕭氏司空瑀之玄孫括州司馬
宋國公興宗之女賢和齊肅秉修禮度能讀論語周易
泛觀史傳率諸婦以和義故閨範修睦焉君之捐館以
清白留遺家道索然夫人躬甘菲糲勸勉桑穡晏息晨

興以率勵僮僕行之數歲經費羨焉教誨三子攝寅克齊等皆克負荷攝大斌令克齊高平尉為真卿河東覆屯軍試判官並不幸早世寅聰達有精識能繼先人之業有大名於天下舉宏詞太子校書永寧尉箠殺護吏貶移澄城丞久疾將沒顧瞻太夫人欲訣不忍其子監察御史亮年未志學隱而潛盡之及寅卒斬指剪髮置于棺中誓事太夫人不敢渝常日闕一字有疾不脫衣帶者數年故白燕巢於苫楣乾元元年太夫人季女適于

邠州司法陸超扳輿隨牒俄而遘疾三月朔日終于超之官舍春秋八十有一龜筮未從因權殯于三水亮以校書郎遷壽安尉為真卿荆南節度推官廣德二年十有二月與弟令滎陽尉永甸匐徒步力護雙櫬合祔君夫人于新安縣之龍澗原三子瑩從理命也嗚呼以君之才之美被服純行加人數等清修素業為代元龜竟不得賛皇極而叶彞倫登泰階而儀百辟不其惜矣嗟乎仲尼聖者也終于魯司寇而闕一字官與之比公明達

者也年纔四十八而君壽與之齊豈聖賢之道有遭遇乎將運命之數有窮通乎茲小子所以獻疑而述報施也大歷五年夏五月真卿以恩宥刺撫於州採石刻頌丹寄碣於墓左銘曰

殷之後昆奕葉儒門盛烈存兮君能濟美於穆不已明德尊兮運促道長身歿名揚教義敦兮合祔先塋述遵理命哀順孫兮高墳崔嵬龍澗之隈映鮮原兮斯焉窆止以望吾子慰營魂兮

京兆尹兼中丞杭州刺史劍南東川節度使杜公

墓誌銘

九月無虞行師貴於衽席四方取則鈞距資乎浩穰詎其有之則杜公其人矣公諱濟字應物京兆杜陵人皇主客郎中續之曾孫明堂令知讓之孫贈太子少保惠之弟三子姿度韶舉心靈敏達在家必聞既蘊睦親之志所居則化多稱不器之能解褐南鄭主簿州主司馬垂引在使幕轉長杜尉隴西法曹皇甫銑江西採訪推

官授大理司直攝殿中侍御史賜緋魚袋尋正除殿中
歷寧鄜渭南成都三縣綿將刺史賜紫金魚袋戶部郎
中加朝散大夫廣德中檢校駕部郎中上柱國充嚴武
劒南行軍司馬杜鴻分蜀為東西川以公為副元帥判
官知東川節度拜太中大夫綿劒梓遂都防禦使梓州
刺史兼中丞時盜寇充斥公示以威信八將之不順公
之力焉尋拜東川節度使俄而移軍復為遂將都督徵
拜給事中閒歲拜京兆少尹明日還京兆尹出為杭州

刺史公務清簡庭落若無吏焉不幸感風疾以大歷十二年歲次丁巳秋七月二日辛亥薨于常州之别館春秋五十有八夫人京兆韋氏太子中舍迪之第三女也沉敏精深高明柔克幹夫之蠱以懋厥家生三子四女而公即世夫人星言晝哭躬護櫬轝與孑揚以冬十一月二十有四日壬申歸窆公于萬年縣洪原鄉之少陵原祔先塋也嗚呼以公之志業材力宜其振揮鱗翮凌厲清浮而命迮成山工虧長世吁足恨也真卿忝居友

塔亟接周行痛音徽之永隔感存歿其何已銘曰

藹藹顒顒時維杜公業先臺省政洽軍戎乃尹京師乃

麾江東帝方倚理命則不融内子護喪哀哀送終

祭文

祭姪季明文

維乾元元年歲次戊戌九月庚午朔三日壬申第十三

叔銀青光禄大夫使持節蒲州諸軍事蒲州刺史上輕

車都尉丹陽縣開國侯真卿以清酌庶羞祭于亡姪贈

贊善大夫季明之靈惟爾挺生夙摽幼德宗廟瑚璉階庭蘭玉每慰人心方期戩穀何圖逆賊閒釁稱兵犯順爾父竭誠常山作郡余時受命亦在平原仁兄愛我俾爾傳書爾既歸止爰開土門土門既開兇威大蹙賊臣不救孤城圍逼父陷子死巢傾卵覆天不悔禍誰為荼毒念爾遘殘百身何贖嗚呼哀哉吾承天澤移牧河關泉明比者再陷常山攜爾首櫬及茲同還撫念摧切震悼心顏方俟遠日卜爾幽宅魂而有知無嗟久客嗚呼

哀哉尚饗

顔魯公文集卷十

總校官舉人臣章維桓
校對官主事臣金光悌
謄録監生臣楊省曾

唐·顏真卿 撰

顏魯公文集

（二）

中國書店

詳校官左中允臣莊通敏

欽定四庫全書

顏魯公文集卷十一

唐　顏真卿　撰

書帖

與李太保帖

不審所苦何如奉計已痊復真卿緣馬病朝迴已之未遂馳謁謹勒參候不次謹狀十一日刑部尚書顏真卿狀上李太保大夫公閤下昨千手贊檢未得帖之謹空

某拙於生事舉家食粥來已數月今又罄竭秖益憂煎輙侍深情故令投告惠及少米實濟艱勤仍恕干煩也

真卿狀

陰陽不審太保所苦何如承渴已損深慰馳仰所檢贊猶未獲望於文書細檢也病妻服藥要少鹿肉脯有新好者望惠少許幸甚幸甚專馳謁不次謹狀二十九日

刑部尚書顔真卿狀上李太保大夫公閣下謹空

與盧倉曹帖

昨奉辭但增悵仰承已過逮不得重別情深惘然珍重

謹此不宣真卿白二十四日

與蔡明遠帖

蔡明遠鄱陽人真卿昔刺饒州即嘗趨事及來江右無改厥勤靖言此心有足嘉者一昨緣受替歸北中止金陵闔門百口幾至餬口明遠與夏鎮不遠數千里冒涉江湖連舸而來不憩晷刻竟達命于秦淮之上又隨我于邗溝之東追攀不疲以至邵伯南埭始終之際良有

可稱今既已事方旋指期斯復江路悠緬風濤浩然行李之間深宜尚慎不宣真卿報

聞鄒游與明遠同來欲至采石計其不久亦各及吾淮泗之間脱若未到見之宜傳此意遣此不宣真卿報蔡明遠

與夫人帖

真卿頓首奉承十四日遷厝承問悲慕不能自勝惟攀慕不及摧毀何堪痛當柰何痛當柰何凝寒惟動靜支

適兒子等保持真卿離官已久事須十間前至鄭州汴州已來專奉侍一日只擬一驛計過大事後發猶恐遲必望知此緩急勿遲滯足下不來義無獨去之法必請矜此狠狽所望令到汴州水下不愁河凍書祭器等先下般去真卿十一日且發東京佇望早來早來謹不次真卿頓首夫人閤下 十一月八日 問訊頌翽蒙郎和奴光嚴深遠憶或至十三日得發

寒食帖

天氣殊未佳汝定成行否寒食只數日間得且佳為佳耳

蔡州帖 題驛舍壁

真卿奉命來此事期未竟止終忠勤無有旋意然中心悢悢悢悢舊集作悢悢非始終不改游于波濤宜得斯報千百年間察真卿心者見此一事知我是行亦足達於時命耳人心無路見時事只天知舊集此二句不載

與郭僕射書

十一月日某謹奉書于右僕射定襄郡王郭公閣下蓋太上有立德其次有立功是之謂不朽抑文聞之端揆者百寮之師長諸侯王者人臣之極地今僕射挺不朽之功業當人臣之極地豈不以才為世出功冠一時挫思明跋扈之師抗廻紇無厭之請故得身畫淩煙之閣名藏太室之廷吁足畏也然美則美矣而終之始難故曰滿而不溢所以長守富也高而不危所以長守貴也可不儆懼乎書曰爾唯弗矜天下莫與汝爭功爾唯不

伐天下莫與汝爭能以齊桓公之盛業片言勤王則九合諸侯一匡天下葵丘之會微有振矜而叛者九國故曰行百里者半九十里言晚節末路之難也從古至今自作我高祖太宗已來未有行此而不理廢此而不亂者也前者菩提寺行香僕射指麾宰相與兩省臺省已下常參官並為一行坐魚開府及僕射率諸軍將為一行坐若一時從權猶未可何況積習更行之乎一昨以郭令公以父子之軍破犬羊兇逆之衆衆情忻喜恨不

頂而戴之是用有興道之會僕射又不悟前失竟率意而指麾不顧班秩之高下不論文武之左右苟以取悅軍容為心曾不顧百寮之側目亦何異清晝攫金之士哉非謂也君子愛人以禮不聞姑息僕射得不深念之乎余竊聞軍容之為人清修梵行深入佛海況乎收東京有殄賊之業守陝城有戴天之功朝野之人所共貴仰豈獨有分於僕射哉加以利衰塗割恬然於心固不以一毀加怒一敬加喜尚何半席之座咫尺之地汨其

志哉且鄉里上齒宗廟上爵朝廷上位皆有等威以明長幼故得彝倫叙而天下和平也且上自宰相御史大夫兩省五品已上供奉官自為一行十二衛大將軍次之三師三公令僕少師保傅尚書左右丞侍郎自為一行九卿三監對之從古以然未嘗參錯至如節度軍將各有本班鄉監有鄉監之班將軍有將軍之位縱是開府特進並是勳官用蔭即有高卑會讌合依倫叙豈可裂冠毀冕反彝易倫貴者為賤所凌尊者為卑所偪一

至於此振古未聞如魚軍容階雖開府官即監門將軍朝廷列位自有次叙但以功績既高恩澤莫二出入王命衆人不敢為比不可令居本位須别示有尊崇只可於宰相師保座南横安一位如御史臺衆尊知雜事御史别置一榻使百寮共得瞻仰不亦可乎聖皇時開府高力士承恩傳宣亦只如此横座亦不聞别有禮數亦何必令他失位如李輔國倚承恩澤徑居左右僕射及公之上令天下疑惟乎古人云益者三友損者三友願

僕射與軍容為直諒之友不顧僕射為軍容佞柔之友

又一作裴僕射誤欲令左右丞勾當尚書當時輙有訓

對僕射恃貴張目見犬介衆之中不欲顯過今者興道

之會還爾遂非再謁八座尚書欲令便向下座州縣軍

城之禮亦恐未然朝廷公讌之宜不應若此今既若此

僕射意只應以為尚書之與僕射若州佐之與縣令乎

若以尚書同於縣令則僕射見尚書令得如上佐事刺

史乎益不然矣今既三廳齊列足明不同刺史且尚書

令與僕射同是二品只校上下之階六曹尚書並正三品又非隔品致敬之類尚書之事僕射禮數未敢有失僕射之顧尚書何乃欲同卑吏又據宋書百官至八座同是第三品隋及國家始升作二品高自標致誠則尊崇向下擠排無乃傷甚況再於公堂揭出常伯當為令公初到不顧紛披僶俛就命亦非理屈朝廷紀綱須共存立過爾隳壞亦恐及身明天子忽震雷霆含怒責斁彝倫之人則僕射其將何辭以對 補遺

贊

李侍御寫真贊

前殿中侍御史正議大夫行洛陽縣令隴西李構年三十七

洛陽精堅強項稱賢粉績圖出風規宛然睟容昭寫卓立神全舉板迎揖吾將荅焉

題名

華嶽廟題名

皇唐乾元元年歲次戊戌冬十月戊申真卿自蒲州刺史蒙恩除饒州刺史十有二日辛亥次於華陰與監察御史王延昌大理評事攝監察御史穆寧評事張澹華陰令劉嵩主簿鄭鎮同謁金天王之神祠

東林寺題名

唐永泰丙午歲真卿以罪佐吉州夏六月壬戌與殷亮韋（缺舊集作缺非）尼賈鎰（鎰舊集作鑑非）同次于東林寺則同愔熙怡二公惠秀正義二律師泉楊鸛存焉仰廬阜之鑪峰

想遠公之遺烈升神運殿禮僧伽衣覩生法師麈尾扇謝靈運翻涅槃經貝多梵夾忻慕之不足聊寫刻于李張二公耶舍禪師之碑側

西林寺題名

唐永泰丙午歲真卿以陳拙貶佐吉州夏六月癸亥與殷亮韋（缺）尼（缺舊集作缺非）賈鎰（鎰舊集作鑑非）楊鷫憇于西林寺有法真律師深究情淨毗尼之學即律祖師志恩之上足余內弟正義之阿闍黎也緬懷遠見二公之遺烈導余

躋重閣示余以張僧繇畫盧舍那佛像臮梁武帝麼線繡鉢袋因寓題歐陽公所撰未公碑陰

靖居寺題名

唐永泰二年真卿以罪佐吉州聞青原靖居寺有幽絕之致御史韓公洪刺史梁公乘嘗見招欲同遊而不果大歷二年十月壬寅評事韋甫已使將歸乃與別駕李闕二字清河房澄同官主簿陸消甫男七步真卿子任蔡頣洮頤盱等同宿于下坊明日及僧明則智清而登禮

焉因覩行思天師經始雙泉之靈迹道契律師纂𢦙闕一字路之祕藏徘徊瞻仰及援翰而勒于碑陰

題湖州碑陰

太保謝公東晉咸和中以吳興山水清遠求典此郡郡西至長城縣通水陸今尚稱謝公塘及遷去郡人用懐思刻石記功焉歷代至皇唐天寶末郡盜起公之碑誌失於所在眷求蕪沒深為愴然借舊史遺文敬刊息石公之雅量弘度蓋嗟嘆之不足

顔魯公文集卷十一

欽定四庫全書

顔魯公文集卷十二

唐 顔真卿 撰

序

尚書刑部侍郎贈尚書右僕射孫逖文公集序

古之為文者所以導達心志發揮性靈本乎詠歌終乎雅頌帝庸作而君臣動色王澤竭而風化不行政之興衰實繫于此然而文勝質則繡其鞶帨而血流漂杵質

勝文則野於禮樂而木訥不華歷代相因莫能適中故詩人之賦麗以則詞人之賦麗以淫此其效也漢魏已還雅道微缺梁陳斯降宮體聿興既馳騁於末流遂受嗤於後學是以沈隱侯之論謝康樂也乃云靈均已來此未及覩盧黃門之序陳拾遺也而云道喪五百歲而得陳君若激昂頹波雖無害於過正榷其中論不亦傷於厚誣何則雅鄭在人理亂由俗桑間濮上胡為乎綿古之時正始皇風奚獨乎凡今之代蓋不然矣其或斌

㤝彪炳郁郁相宣膺期運以挺生奄寰瀛而首出者其惟僕射孫公乎公諱逖河南鞏人其先自樂安武水寓于涉而從焉父嘉之以詞學登科官至宋州司馬公風裁徵明天才傑出學窮百氏不好非聖之書文統三變特深稽古之道故逸氣上躋而高情四達羌索隱乎混元之始表獨立於常均之外不其盛歟年數歲即好屬文十五時相國齊公崔日用試土火爐賦公雅思遒麗援翰立成齊公駭之約以忘年之契爾後遂有大名故

其試言也年未弱冠而三擅甲科吏部侍郎王兵試竹簾賦降階約拜以殊禮待之相國燕公張說覽其策而心醉其序事也則伯樂川記及諸碑誌皆卓立千古傳於域中其為詩也必有逸韻佳對冠絶當時布在人口其詞言也則宰相張九齡欲掎摭疵瑕沉吟久之不能易一字公之除庶子也苑咸草詔曰西掖掌論朝推無對議者以為知言凡斯影多庸可悉數故燕國深賞公才俾與張九齡許景先韋述同遊門庭命子均垍施伯

仲之禮江夏李邕自陳州入計繕寫其集齎以詣公託知己之分其為先達所重也如此公文雅有清鑒典考功時精覈進士雖權要不能逼所獎擢者二十七人數年間宏詞判等入甲者一十六人授校書者九人其餘咸著名當世已而多至顯官明年典舉亦如之故言第者必稱孫公而已夫然信可謂人文之宗師國風之哲匠者矣公凡所著詩歌賦序策問賛碑志表䟽制誥等不可勝紀遭二朝之亂多有散落子宿絳成等夙奉過

庭之訓咸以文章知名同時臺省乃編次公文集為二十卷列之于左庶乎好事者傳寫諷誦以垂乎無窮亦何必藏名山而納石室也真卿昔覩光乎天府實荷公之奬擢見命為序豈究端倪時則永泰元年仲秋之月至若世系閥閱盖存諸别傳此不復云

懷素上人草書歌序

開士懷素僧中之英氣槩通踈性靈豁暢精心草聖積有歲時江嶺之間其名大著故吏部尚書韋公陟覩其

筆力勗以有成今禮部侍郎張公謂賞其不羈引共遊

處兼好事者同作歌以贊之動盈卷軸夫草藁之作起

於漢代杜度崔瑗始以妙聞迨乎伯英尤擅其美羲獻

兹降虞陸相承口訣手授以至于吳郡張旭長史雖恣

性顛逸超絕古今而楷法精詳特為真正某早歲嘗接

游居屢蒙激觀教以筆法資質劣弱又嬰物務不能懇

習迄用無成追思一言何可復得忽見師作縱横不羣

迅疾駭人若還舊觀向使師得親承善誘亟揖規模則

入室之賓舍子奚適嗟嘆不足聊書以冠諸篇首

送劉太冲序

劉太冲彭城之華望者也自開府垂明於宋室澤州考績於國朝道素相承世傳儒雅尚矣夫其果行修潔斯文彪蔚鄂木煦乎移華龍驤驤乎雲路則公山正禮策高足於前冲與太真嗣家聲於後有日矣昔余作郡平原拒胡羯而請與從事掌銓吏部第甲乙而超升等夷爾來蹉跎猶屑卑位雖才不偶命而德其無隣故冲之

西遊斯有望矣江月弦魄秦淮頂潮君行句溪正及春水朂哉之子道在何居

送辛子序

清白之士曰隴西辛晃銑業班漢顓門名家十五而志學克明五十而勵精益懋拳拳不失慕回也之服膺衮衮可聽同茂先之善説昔我高叔祖鄆州使君著决疑一十二卷問荅稱為大顏曾伯祖祕書監府君集註解成一十二帙闕一字儒斟酌煩省捃摭英華勒成三十篇

名之曰漢畧夫其發凡舉例晁序言之已詳惜乎困於纖緗不獲繕寫遂使精義沉鬱闇然未彰吁足嘆也二月初吉金陵氣暖抵淮上之諸侯所如必合及除川之美景未至方歡羣子賦詩以寵之

顏魯公文集卷十二

欽定四庫全書

顔魯公文集卷十三

唐 顔真卿 撰

記

東方先生畫賛碑陰記

東方先生畫賛者晉散騎常侍夏侯湛之所作也湛字孝若父莊為樂陵太守因來覲省遂作斯文賛云大夫諱朔字曼倩平原猒次人魏建安中分猒次為樂陵郡

又為郡人焉猷次令移屬樂安郡東去祠廟一百里故猷次城今在乎原郡安德縣東北二十二里廟西南一里先生形像今則揑素為之并二細君侍焉郡嘗為德州其賛開元八年刺史韓公思復刻于石碑真卿去歲拜此郡屬殿中侍御史平公刿監察御史閻公寛李公史魚右金吾胄曹公蹇咸以河北採訪使東平王判官兼巡按押至真卿候于竟上而先生祠廟不遠道周亟與數公臮家兄淄州司馬曜卿長史前洛陽蕭晉用前

醴泉尉李伯魚徵王左驍衛兵曹張璲麟遊尉韋宅相朝城主簿韋夏有司經正字畢燿族弟渾前參軍鄭悟初同兹謁拜退而遊于中唐則韓之刻后存焉僉嘆其文字纖靡駁癬生金四十年間已不可識真卿於是勒諸他山之后盖取其字大可久不復課其工拙故援翰而不辭焉至若先生事跡則載在太史公書漢書風俗通武帝内傳十洲記列仙神仙高士傳此不復記焉有唐天寶十三載季冬辛卯朔建

鮮于氏離堆記

閬州之東百餘里有縣曰新政新政之南數千步有山曰離堆斗入嘉陵江直上數百尺形勝縮矗欹壁峻肅上崢嶸而下迴洑不與衆山相連屬是之謂離堆東面有石堂焉即故京兆尹鮮于君之所開鑿也堂有室廣輪袤丈蕭豁洞敞虗聞江聲徹見人羣象人村川填若指諸掌堂北磐石之上有九曲流杯池焉懸源螭猶蹙噴鶴味醴渠股引迴坐環溜若有良朋以傾醇酎堂南

有茅齋焉遊於斯息於斯聚賓友於斯虛而來者實而
歸其齋壁間有詩焉皆君舅著作郎嚴從君甥殿中侍
御史嚴侁之等美君考槃之所作也其右有小石盧焉
亦可蔭而踐據矣其松竹桂梅冬青雜樹皆徙于山而
栽蒔焉其上方有男宮觀焉署之曰景福君弟京兆尹
叔明至德一年十月嘗在尚書司勳員外郎之所奉置
也君諱向字仲通以字行漁陽人卓爾自守毅然抗直
易有之曰篤實輝光書不云乎沉潛剛克君自髙曾已

降世以才雄招徠賢豪施舍不倦至君繼序其流益光弱冠以任俠自喜尚未知名乃慷慨發憤於焉卜築養蒙學文忘寢與食不四三載展大成著作竒之勗以賓薦無何以進士髙第驟登臺省天寶九載以益州大都督府長史兼御史中丞持節劒南節度副大使知節度事劒南山南西道採訪處置使入為司農少卿遂作京兆尹以忤楊國忠貶襄陽郡司馬十有二載秋八月除漢陽郡太守冬十有一月終於所任官舍悲夫雄圖未

伸志業已空塋于縣北表附先塋也君之薨也冢子光禄寺丞昱匍匐迎喪星言泣血自汚泝峽湍流萬里肩槁足跼板笭引舳凡今幾年皸瘃在目因心所至豈無僮僕臮昱之季曰尚書都官員外郎炅克篤前烈永言孝思懇闕二字志反塟于兹行道之人孰不跂而真卿猶子曰紘從父兄故偃師丞春卿之子也嘗尉閿中君故舊不遺與之有忘年之契叔明昱炅亦篤世親之歎真卿因之文忝憲司之寮亟與濟南蹇昂奉以周旋益著

通家之好君兄允南以司膳司封二郎中弟允臧以三院御史偕與叔明首末聯事我是用飽君之故乾元改上元之歳秋八月哉生魄猥自刑部侍以言事忤旨聖恩全宥貶貳于蓬州沿嘉陵而路出新改適會昱以戍都兵曹取急歸覲遭我乎貴州之朝留遊締歡信宿經覿感今懐昔遂援翰而志之叔明時刺商州昃又申掾京兆不同躋陟有限如何帝唐龍集後壬寅仲夏巳卯朔十五日甲午刻于門序之左右

撫州寶應寺律藏院戒壇記

如來以身口意三業難調伏也淨口羅以息其内行住坐卧四威儀攝善心也明布薩以昭其外故曰波維提木义是汝之師則憍陳如之善來迦葉波之尚法諸聲聞三歸約衆十四年以八敬度尼羯磨相承其致一也至漢靈帝建寧元年有北天竺五喪門支法領等始於長安譯出四分戒本兼羯磨與大僧受戒至曹魏有天竺十尼自遠而來為尼受其後秦姚萇弘始十一年有

梵僧佛佗耶舍譯出四分律本而關内先行僧祇江南盛行十誦至魏法聰律師始闡四分之宗聰傳道覆覆傳慧光光傳雲輝願願傳理隱樂洪雲雲傳遵遵傳智首首傳道宣宣傳洪洪傳法勵勵傳滿意意傳法成成傳大亮道賓亮亮傳雲一賓岏超惠澄澄傳慧欽此皆口相授受臻于壺奥欽俗姓徐洪州建昌人盖漢孺子之後也二十二尋師于臨川椿山後五歲削髮隸于高安龍崗寺遂受戒有唐義淨則譯經上足曰洪川之靈

傑其秉宣羯磨者曰兩京滌法舊集與文粹同石本作兩京清條使法下文斷缺當考銑欽智度冲深神用高奕行無權實身絶開遮闡律藏而日月光明騁辯才而龍象蹴蹈江嶺之外凜然風生開元末北遊京充福先大德常誦大涅槃經而講之兼明俱舍論維摩金剛經每登講座其下日有二三千人由是名動輦轂屬禄山作亂杖錫南歸居于西山共井雙嶺之間慕高僧覲顯之遺蹤于寺北刱置蘭若山泉之美頗極幽絶欽雖堅持律儀而志在弘濟好讀

周易左傳下筆成章著律儀輔演十卷甞撰本州龍興寺戒壇碑頗見稱于作者三年真卿忝刺撫州東南四里有宋侍中臨川内史謝靈運翻大涅槃經古臺階扃儼然軒構摧圮有高行頭陀僧智清者首事修葺安居住持明年秋七月真卿績秩將滿有觀察使尚書御史大夫趙國魏公願以我皇帝降誕之成奏為寶應寺仍請山林高行僧三七人冬十月二十三日聖恩允許於是鼎新輪奐其興也勃焉仍請止觀大師法源法泉襄

陽乗覺清源善弘羅浮圓覺佛跡十喻餘杭慧達㬥當
州海通海岸等同住薰修以資景福僉以為學徒雖增
毗尼未立明年三月乃請欽登壇而董振鐸焉仍俾龍
崗道幹天台法裔提提智融白馬法脩衡岳正覺同德
義盈香城藏選龍興藏志開元明徹等同秉法事於是
遠近駿奔道場側塞聖像放光而龍王不雨者四旬僧
尼等三百五十七人而文士正議大夫前衛尉少卿張
延阜肮俗歸真其名曰壞網為稱首焉又欽比年已來

年為受具凡一萬餘人江嶺湖海之間幅員千餘里像
法於變此皆欽教道之力焉臨川在嶺隅未嘗弘律於
是二衆三百餘人謂法裔敷演而依止之後有上都資
聖寺高德曰還本律主偉茲能深辨嗟嘆而賛美之請
於寺東南置普通無礙禪院院内立鎮國觀音道場請
善弘居之以開悟心要雲一上足曰智融精持本事如
會尊衆乃命智光等於普通道場東置律藏院剏立戒
壇以佇欽公之來儀且施肇紀之不朽經營未幾壇殿

鬱興庶乎渡海浮囊分毫絶羅剎之請嚴身瓔珞照耀
有摩尼之光則入佛位而披伽棃者名香普薰神足無
極其可勝紀而蕪絶乎有唐大歷壬亥歲春三月行撫
州刺史魯郡開國公顔真卿書而誌之

撫州南城縣麻姑山仙壇記

麻姑者葛稚川神仙傳云王遠字方平欲東之括蒼山
過吳蔡經家教其尸解如蟬蛇也經去十餘年忽還語
家言七月七日王君當來過到期日方平乘羽車駕五

龍各異色旌旗導從威儀赫奕如大將也既至坐須臾引見經父兄因遣人與麻姑相聞亦莫知麻姑是何神也言王方平敬報久不行民間今來在此想麻姑能蹔來有頃信還但聞其語不見所使人曰麻姑再拜不見忽已五百餘年尊卑有序修敬無階思念久煩信承在彼登山顛倒而先被記當按行蓬萊今便蹔往如是便還還即親覲願不即去如此兩時間麻姑來來時不先聞人馬聲既至從官當半於方平也麻姑至蔡經亦舉

家見之是好女子年十八九許頂中作髻餘髮垂之至要其衣有文章而非錦綺文彩耀日不可名字皆世所無有也得見方平方平而起立坐定各進行廚金盤玉杯無限美膳多是諸華而香氣達於内外擗麟脯行之麻姑自言接侍以來見東海三為桒田向間蓬萊水乃淺於往者會時畧半也豈將復還為陸陵乎方平笑曰聖人皆言海中行復揚塵也麻姑欲見蔡經母及婦經弟婦新產數十日麻姑望見之已知曰噫且止勿前即

求少許米便以擲之隨墜地即成丹砂方平笑曰姑故年少吾了不喜復作此曹狡獪變化也麻姑手似鳥爪蔡經心中念言背癢時得此爪以爬背乃佳也方平即知經心中所言乃使人牽經鞭之曰麻姑者神人法何忽謂其爪可以爬背邪見鞭著經背亦不見有人持鞭者方平告經曰吾鞭不可妄得也大歷三年真卿刺撫州按圖經南城縣有麻姑山頂有古壇相傳云麻姑於此得道壇東南有池中有紅蓮近忽變碧今又白矣池北

下壇傍有杉松皆偃蓋時聞步虛鍾磬之音東南有瀑布淙下三百餘尺東北有石崇觀高石中猶有螺蚌殼或以為桑田所變西北有麻源謝靈運詩題入華子崗是麻源第三谷恐其處也源口有神祈雨驟應開元中道士鄧紫陽於此習道嘗召入大同殿修功德二十七年忽見虎駕龍車二人執節在庭中顧謂其友竹務猷曰此迎我也可為吾廢願欲歸葬本山仍請立廟於壇側玄宗從之天寶五載投龍於瀑布石池中有黃龍見

玄宗感焉乃命重修僊宇真儀侍從雲鶴之類於戲自麻姑發迹於兹嶺南真遺壇於龜原花姑表異於井山今女道士黎瓊仙年八十而容色益少僧妙行夢瓊仙而飡花絶粒紫陽侄男曰德誠繼修香火弟子譚仙巖法籙尊嚴而史玄洞左通玄鄒鬱華皆清虚服道非天地氣殊異江山炳靈則曷由纂懿流光若斯之盛者矣真卿幸承餘烈敢刻金石而志之時則六年夏四月也

梁吳興太守柳惲西亭記

湖洲烏程縣南水亭即梁吳興太守柳惲之西亭也繚以遠峯浮於清流包括風象之妙實資遊宴之美觀夫構宏村披廣榭豁達其外睽罛其中雲軒水閣當亭無暑信為仁智之所創制原乎其始則柳吳興惲西亭之舊所焉世增崇之不易其地按吳均入東記云惲為郡起西亭毗山二亭悉有詩今處士陳羽圖記云西亭城西南二里烏程縣南六十步跨苕溪為之昔柳惲文暢再典吳興以天監十六年正月所起以其在吳興郡理

西故名焉文暢嘗與郡主簿吳均同賦西亭五韻之作由是此亭勝事彌著閒歲頗為州僚處而有之日月滋深室宇將壞而文人嘉客不得極情于兹憤憤悱悱者久矣邑宰李清請而修之以攄衆君子之意役不煩費財有羨餘人莫之知而斯美具矣清皇家子名公之胄忠肅明懿以將其身清簡仁惠以成其政絃歌二歲而流庸復者六百餘室廢田墾者三百頃浮客臻湊廹乎二千種桒畜養盈於數萬官路有刻石之堠吏廚有食

錢之資敦本經久率皆如是畧舉數者其餘可知矣豈必夜魚春躍而後見稱哉於戲以清之地高且才而勵精於政事何患雲霄之不致乎清之筮仕也兩忝儁人列再移仙尉之任毗賛於蜀邑子男於吳興多為廉使盛府之所辟薦則知學詩之訓間緝之心施之於政無不然也縣稱緊舊矣今詔升為望清當受代而邑人得已軫去思之悲白府願留者屢矣真卿重違耆老之請啟於十連優詔以旌清之美也其不倿方當分憂共理

之寄人安俗阜固有所歸雖無曾臣掣肘之患豈盡子言用力之術由此論之則水堂之功乃餘力也夫知邑莫若州知宰莫若守知而不言無乃過乎今此記述以備其事懼不宣美豈徒媿詞而已哉大歷一紀之首夏也

吴興沈氏述祖德記

南齊徵士吴興沈君名驎士郡人也藴道德晦于邑之餘不溪家貧無資以織簾為業故時人號為織簾先生

精於禮傳嘗自詁訓宗人吏部郎中淵中書郎約累薦徵為著作郎高臥不起名重江表臨終遺教依皇甫玄晏棺中貯孝經一卷穿壙三尺置棺平土不設机位四時地席玄酒而奠子夔奉而行之吳郡陸惠曉張融皆為之誄徵士嘗製述祖德碑立於金鵝山之先塋年月淹遠風雨蠹蝕朽字殘文翳而莫分乾元中為盜火所爇碑首毀裂嶔然將墮過江二十葉孫御史中丞震移牒郡國請其封葺或屬兵㐫曠而莫修忽有朴樹生於

龜腹盤根抱趾聳幹夾碑嶷如工造欝若神化歘者復正危而再堅夫德無名遇賢而鍾慶神無質假物以申沈氏積善既遠徵士植德既深天將興舊族乎吾知應沈之復大也權檢校宗事十九葉於前太廟齋郎怡拜泣松櫝僧修舊塋感先碑之隕覆懼遺文之殘闕乃具他石傳而貳焉崇其本所以尊先也建其新所以嗣德也以真卿江南婚姻之舊中外伯仲之穆謬忝拜刺見託斯文刋諸碑陰以傳無朽因改其樹為慶樹以旌其

美焉沈氏之故事具於家牒今闕而不紀時有唐大歷
八年冬十二月

乞御書題額恩勅批荅碑陰記

肅宗皇帝恩許既有斯荅御札垂下而真卿以踈拙蒙
讒粤若來八月既望貶授蓬州長史臮今上即位寶應
元年夏五月拜利州刺史屬羌賊圍城不得入恩勅追
赴上都為今尚書前相國彭城公劉公晏所讓授尚書
户部侍郎二年春三月改吏部廣德元年秋八月拜江

陵尹兼御史大夫充荆南節度觀察處置等使未行受代轉尚書右丞明年春正月檢校刑部尚書兼御史大夫充朔方行營汾晉等六州宣慰使以招諭太史中書令僕因懐愚不行遂知省事永泰二年春二月貶峽州六年閏三月代到秋八月至上元尔來十有六年困於疎愚累蒙竄謫其所採碑石令委諸巖麓之際未遑迄崇樹七年秋九月歸自東京起家業除湖州刺史來年春正月至壬州東有苕霅兩溪溪左有放生池焉即我

寶應元聖文武皇帝所置也州西有白鶴山山多良石於是採而斵之命吏幹磨礱之家僮鐫刻之建於州之駱駝橋東蓋以抒臣下追遠之誠昭先帝生成之德顧既未立追思莫逮客或請先帝所賜敕書批荅荅中諸事以緝而勒之真卿從焉勒願斯畢瞻慕不足遂志諸碑陰庶乎乾象昭回與宇宙而終始天文煥發將日月而齊暉時則有唐大歷九年青龍甲寅之歲孟冬甲子之日也

吴興地記

烏程縣舊紫今望鄉四十里二百東去缺州缺南去杭州一百八十九里西北去揚州六百四十七里西去宣州三百一十七里北去東都二十八百七十五里北去上都計三千七百七十六里

帝顓頊塚

吴大帝陵

吴景帝陵

鈕皇后陵

吳丹陽太守蕪胡侯太史慈墓

吳大將軍朱治墓

吳蕩寇將軍程普墓

晉侍中羅含墓

晉黄門侍郎潘尼墓

齊宣城太守丘靈鞠墓

梁中書侍郎丘遲墓

梁司空康絢績墓

陳五兵尚書唐宗墓

長城縣

大雷山

芳巖

震澤

若溪

吳王夫槩廟

陳景帝陵

陳錢皇后陵
陳昭烈王陵
謝安墓
殷仲文墓
陳武帝故宅
陳文帝故宅
吳均故宅
陳氏五主屏風

陳高祖竹帳

國朝高僧南山律主道宣

安吉縣

天目山

崑山

横溪

海溪

蛟龍溪

翔鳳林

裴子野故宅

周弘讓故宅

姚萇雉尾扇

施世英金鍾

山川

卞山

法華寺

金井玉澗

乳竇后膏温泉

項王走馬埒

項王飲馬池

項王繫馬石

衡山

帝顓頊塚

春秋鳩茲城

峴山

顯亭故别駕李適之石酒樽五花亭

杅山

妙喜寺黄浦橋

避它城

何楷釣臺

升山

吴均入東記

晉吳興大守王羲之烏亭

金蓋山

何氏書堂

張邵丘道祚禪幽寺

太湖周迴四萬八千頃

雲溪

白蘋州

顔魯公文集卷十三

欽定四庫全書

顔魯公文集卷十四

唐　顔真卿　撰

記

宋州官吏八關齋會報德記（叙石幢事附）

夫德之所感淪骨髓而非深誠之所至去神明而何遠有唐大歷壬子歲宋州八關齋會者此都人士衆文武將吏朝散大夫使持節宋州詩軍事行宋州刺史兼侍

御史本州團練守捉使賜紫金魚袋徐向等奉為河南節度觀察使開府儀同三司太子太師左右僕射知省事兼御史大夫汴州刺史上柱國信都郡王田公頃疾良已之所建也公名神功冀州南宫人稟元和之粹靈膺期運以傑出含弘厚下正直率先起孝而德感生人竭忠而精貫白日和衆必資於寬簡安人務在於撫柔況乎武藝絶倫英謀沉祕所向而前無强敵日新而學有緝熙所能殿天子之邦鬱蒼生之望有日矣羯構逆

公以平盧節將左令若僕射李公忠臣收滄德攻相州拒杏園守陳留許叔冀降而陷焉思明懼忠臣圖已令公佐南德信隨劉從諫收江淮至宋州欲襲李銑公斬德信走從諫遂并其衆而報焉肅公大悦拜公鴻臚卿再襲敬釭於鄆州加中丞討劉展于閏州斬平之遷徐州刺史明年拜淄青節度使屬侯希逸自平盧至公以州讓之時宋州刺史李岑為賊所圍副元帥李光弼請公討平之拜御史大夫加開府兖兖鄆節度破法子營

又討敬釭歸順、馬史朝義聞之奔下博投范陽自縊死
廣德元年授户部尚書封信都郡王上幸陜公首末扈
釭從都知六年兵馬每食宿公皆躬自省視上感焉方
委以政事公涕泣固辭而止二年拜汴宋節度遷兵部
大歷二年加右僕射封毋清州張氏為趙國夫人妻信
安郡王禕女為凉國夫人太夫人慈和勤儉睦于親黨
公性純孝居常不離左右閱讀書史或時疾病公輒累
月不茹葷家中禮儀不絶仍造崇夏弘聖二寺以祈福

祐五年兼判左僕射知省事加太子太師公德厚量深勞謙重慎功即高而心益下位彌大而體益恭故遠無不懷邇無不肅今夏四月忽嬰熱疾沉頓累旬積善降祥勿藥遄喜鷹犬之翫悉皆弃捨羣師感焉無復弋獵四履之内咸懷歡欣睢陽之人踊躍尤甚乃資于州將曰昔我公之陷賊也至敝邑而首誅德信李岑之見圍也破其黨而克保城池是即我公再有大造于敝邑矣微我公之救恤則皆死於鋒鏑入於煎熬矣尚何能保

完家室嬉戲鄉井者乎不資齋明何以報德余公悅而從之來五月八日首以俸錢三十萬設八關大會飯千僧于開元伽藍將佐爭承惟恐居後已而州縣官吏長史苗藏實等設一千五百人為一會鎮遏團練官健副使孫琳等設五百人為一會耆壽百姓張烈等設五千人為一會法筵等供仄塞於郊坰贊唄香花喧填於晝夜其餘鄉村聚落來往舟車聞風而靡督自勤聳惠而沐先胥懋者又不可勝數矣非夫美政淳深德風汪濊

則何以感人若此其至者乎某叨接好仁飽承餘烈覩

玆盛美益醜求蒙若不垂諸將來記事者奚述

敘石幢事 宋州刺史崔倬

會昌中有詔大除佛寺凡鎔塑繪刻堂閣殿宇關

於佛祠者焚滅銷破一無遺餘遣御史覆視之州

縣震畏至於碑幢銘鏤贊述之類亦皆毀拆瘞藏

之此州開元寺係先太師魯郡顏公以郡守僚吏

州人等爲連帥田氏八關齋會鐫記大幢立石袤

文而圜再幾尋材巨異常脈如低偉詞程逸翰龍躍鸞翔時刺史邑宰以其大不可折遂鑿鈌敗以什之盖三而僅存委埋于土倬大中己巳歲守郡明年嘗暇日訪求前賢事蹟郡從事涂君因言有魯公石幢索而得之壇壤之下瘢痍壞失文義乖絶尋繹研究不可復知意其邑居之中必有藏録其文者果於前刺史唐氏之家得其模石本末完備炳然輝耀溢目倬自幼學慕習魯公書法纔

不能窺涉其門宇然惜其高蹤堙没遂命攻治其傷殘補續其次雖真贋懸如及貂狗相屬且復瞻仰魯公遺文昭示於後矣大中五年正月一日敘

通議大夫守太子賓客東都副留守雲騎尉

贈尚書左僕射博陵崔孝公宅陋室銘記

公諱沔字若沖博陵安平人其先出于齊太公之後自亭伯三世文宗秘書監六（闕一字）派別叔軌季則俱死王神謙神通並高循績子彭弘度以武幹稱景儁巨倫以

文行著繼方面者累代列史傳者十人奕葉相仍恒為
𡨚族曾祖弘岐隋銀青光禄大夫趙王長史祖儼皇朝
益州雒縣令父皚年未四十為庫部員外郎因擇能吏
為壽安令又充江西道兼察使徙醴泉遂歷四邑盤桓
不進以剛正也累至朝散大夫汝州長史封安平縣男
贈衛尉少卿公即安平之次子也全德天至成人玉立
蓋聖代之寶臣華宗之孝子文章之哲匠禮樂之祖師
即不可以一名又何能以悉數年二十四舉鄉貢進士

考功郎李迥秀器異之曰王佐才也遂擢高第其年舉賢良方正對策萬數公獨居第一而兄渾亦在甲科典試官梁載言陳子昂歎曰雖公孫鼂鄒不及也召見前殿拜麟臺校書郎緜是名蓋天下御史張思忠以德行薦之以資授陸渾主簿平陽王敬暉弘度外之交畧上官之禮丁府君憂外除太夫人勉起之以所試超邁擢拜左補闕遷殿中侍御史奉敕按竊金者公得其情許之不死竟得減論諸王戫恃貴不遵法度舉而按之

其不吐茹也如此尋遷起居舍人當扈從以親老抗疏
乞退薦琅琊王兵太原郭潾渤海封希顔等自代睿宗
嘉之特許留司以遂其孝養遷祠部員外郎倖僧有請
度人者公拒不奉詔遷給事中大理卿韓思復用法小
差權臣致劾公特寛之遷中書舍人省政紫薇其官仍
舊又固辭以親老除虞部郎中開元初攝御史中丞或
訟吏曹之不平公與崔泰之銜命詳理多所收掇而
即真兼都畿按察使歲或不稔公請發粟賑貸之賴全

活者以萬數内謁者霍玄闕執之以聞玄宗使
以璽書勞之公之澄清闕纖縣令長陸景融劉
體微盧暉有異政丞尉闕甫翼陳希烈宋鼎蕭隱
之范冬芬楊慎餘劉闕昌寓州椽李瑱裴曠等並
以清白吏能而薦闕二年置十道採訪使公所舉
六人在焉執事子闕去者公舉之不回移著作郎尋
遷秘書少監修闕使尋判大理卿禮部侍郎公既職
司典禮乃刪寫闕論數百卷以備闕遺特加朝散大夫

遷左庶子丁太夫人憂徵拜中書侍郎出為魏中刺史乃肇移元城徙置新市吏人便之乙丑歲玄宗東封知頓奏課第一賜絹三百疋嶽下觀禮獻慶雲頌又賜絹一百疋明年入朝分掌十銓公與王邱為遷人所歌曰沔人澄明澈底清邱山介直連天峻時人韙之還州以理有異績御史大夫崔隱甫中丞宇文融朝服表薦璽書寵慰無何徵拜左散騎常侍上以六官親蠶絲賜近臣公獻御絲賦又侍讌別殿賦端午詩屢蒙錫以縑帛

緜羅兼判國子祭酒俄充東都副留守十七年有事陵
廟追贈安平公及太君曰安原闕四字駕還罷留守二
十年春奉敕撰龍門公宴詩序賜絹百疋延入集賢院
修老子道德經疏行於天下二十一年遷秘書監修撰
如故屬耕籍田爲居守賜絹百疋遷太子賓客出兼懷
州刺史二十四年罷州又以本官充東都副留中累加
通議大夫二十七年冬十一月有七日寢疾薨於位春
秋六十有七玄宗震悼贈禮部尚書葬日量借手力幔

幙蓋吏前監察御史博陵崔頌為公行狀云公德充符契精貫人極孝愛聞於天下制作垂於無窮執太夫人之徒跣吐血以身為糞土况乎舍弘内恕夷垣外名德至矣乎今之達者若以富貴崇德行藏養高則老萊閲於榮親黔婁褊於謀道又加於古人矣故養則致其樂喪則過乎哀以兄姊之慼亞其親甥侄之慈甚其子至於藥砭備物温凊異宜手胝杵臼之間身辱澣濯之伍汲汲然矣每至宗廟心齋嚴恭祀事明發不寐翌日餘

悲故聲氣感人者深儀形化人者遠躬踐五德退讓於
恭儉溫良行張四維加信於仁義禮智而老驥伏櫪以
飽聰不忘白鳩巢檐以家瑞終黜則非殊倫絶輩擬議
乎萬一矣太常博士裴惣議曰公醇一誕靈文明含粹
蹈元和以為天性藉間氣以為人師前後歷官或拜而
不至或至而不留瘠形瞽目誓遵孝養可不謂孝乎遂
謚曰孝公凡所著文集二十九卷并嗣子祜甫論次先
志一卷為三十卷吏部員外郎趙郡李華爲集序云公

之侍親也孝達乎神祇居憂也哀貫乎天地喪期有數
而茹毒終身親交隣里飢者待公而炊寒者待公而裘
蒸嘗之奠待公而具故禄廪雖厚而未嘗足也傳祖禰
之美合於禮經見公文章知行事則人倫之序理亂之
源備矣祐甫純行而文直清而和希公門者謂公存焉
亡賢數載如此初太夫人患目公傾家求醫或曰療之
必愈恐壽不得延太夫人及公悲恨而罷自是端力奉
養不脫冠帶者僅三十年每至良辰美景勝引佳遊必

扶侍左右笑言陳説親朋往來莫知太夫人之有苦也

公年官雖高至於食果蔬菜與子侄躬自植藝溉灌以

申馨潔泉終喪雖見孩稚者必設位束帶盡哀以禮之

公與江夏李邕友善為校書郎時引邕館於祕閣之下

讀書者累年邕由是才名益盛邕與尚書郎建侯嘗過

公惟乘馬癯羸曰何不於廳前自觀秣飼忽然致殞何

以更之公唯而不易他日二公又以為言公良久則曰

每欲發言恐涉有疑於厮養者所以沉吟自媿二公退

而謂人曰每想崔公此言使人慙悳如醉延和太極之間公既留司東都遂辭所乘馬就故人監察御史張法子深河南府崇政坊買宅以製居建宗廟於西南維先太夫人安平郡夫人堂在宅之中儉而不陋淨而不華六十餘年榱棟如故堂東嫂盧夫人所居堂之東北鄭氏李氏姊歸寧所居堂之北五步之外建兎堂三間以居之雜用舊椽不崇墻無赭堊累歷清要所得禄秩但奉蒸嘗資嫂妹給孤幼營甥侄婚姻而已朝衣服馬一

皆取其下者唯祭器祭服稱禮焉其室竟不修衆夫人太原郡太夫人王氏損牀帳之後公徙居他室或在賔館而無常所為常侍時著陋室銘以自廣天寶末子孫灑掃貯書籍劍履而已逆胡再陷洛陽室遂崩圮唯簷下廢井存焉長子成甫倜儻有才名進士校書郎早卒祐甫能荷先業以進士高第累登臺省至吏部郎中充永平軍節度使尚書李公勉行軍司馬兼侍御史中丞永懷先德明發不寐恐茂烈湮淪罔埀後裔乃刻陋室

銘於井北遺址之前以抒素心其夙仰名教實欽孝公之盛德晚聯臺閣竊慕中丞之象賢又能好我不遺見見託論譔採風猷而莫窮萬一涉泉海而豈究津涯操筆強名退增戰恧時即大歷十一年青龍景辰孟夏之月也

撫州寶應寺翻經臺記

撫州城東南四里有翻經臺宋康樂侯謝公元嘉年初於此翻譯涅槃經因以為號公諱靈運陳郡陽夏人也

祖玄晉車騎將軍父琰秘書郎公幼頴悟好學博覽羣書文章之美江左莫逮以襲祖爵世人宗之盛稱謝康樂初為劉毅衛軍從事中郎太子左率出為永嘉太守郡有名山水公素愛好肆意遨遊稱疾去職於始寧縣修營故墅傍山帶江盡幽居之美因著山居賦并自註之與隱士王弘之等遊放為娱有終焉之志每一詩至都邑莫不競寫宿昔之間士庶皆遍徵為秘書監再召不赴太祖使范泰與書敦奬之乃出就職尋遷侍中日

夕引見賞遇甚厚多疾不朝賜假東歸免官與從弟惠連東海何長瑜潁川旬道雍泰山羊璿之以文章賞會時人謂之四友尋山登賞常着木屐上則去其前齒下則去其後齒會稽太守孟顗事佛精懇公謂之曰得道應須會業丈人生天應在靈運前成佛必在靈運後顗深恨此言後遂表公有異志公馳出自陳太祖知見誣除臨川内史公以曇無識所翻大涅槃經語小小朴質不甚流靡品數陳簡初學者難以措懐乃與沙門范惠

嚴崔慧觀依舊泥洹經共為潤色勒成三十六卷義理
昭暢質文相宣歷代寶之盛行天下其餘感神徵應具
如高僧傳所說邈乎階扃不改棟宇具無眞卿叨於刺
是邦兹用慨息有高行頭陀僧智清緒發洪誓精心住
持請以佛跡寺僧什喻仙臺觀道士譚仙嵒同力增修
指期恢復自是法堂之遺構克崇先達之高蹤百里而
遥四山不逼三休而上十地方超經行之業既崇斗藪
之功斯棘大歷巳酉歲四月丙午都人士庶相與大會

設嚴供而落焉以真卿業于斯文見咨紀述後之君子其忘增修乎銘曰

摩訶般若解脫法身是則涅槃衆經中尊曇無肇允嚴觀是因實賴同德弘茲法輪謝公發揮精義入神理絶史野文兼都彬一垂刊削百代咸遵遺跡忽睹高臺嶙峋載悲祖謝曷踐音塵真卿愀然憫故孰新檀那衣鉢悉力經綸不日復之用邦仰仁緬懐孰慕予亦何人徒顧神交愧非德隣刻銘金石永永不泯

張長史十二意筆法意記

予罷秩醴泉特詣京洛訪金吾長史張公請師筆法長史于時在裴儆宅憩止有羣衆師張公求筆法或有得者皆曰神妙僕頃在長安二年師事張公皆大笑而對之時即便草書或三紙五紙皆乘興而散不復有得其言者僕自再於洛下相見眷然不賛僕因問裴儆足下師張長史有何所得曰但書得絹屏素數十軸亦嘗論諸筆法唯言倍加功學臨寫書法當自悟耳僕自停裴

家月餘日因與裴儆從長史言話散却回京師前請曰既承九丈獎諭日月滋深夙夜工勤溺於翰墨儻得聞筆法要訣終為師學以冀至於能妙豈任感戴之誠也長史良久不言乃左右眄視拂然而起僕乃從行歸東竹林院小堂張公乃當堂踞牀而坐命僕居於小榻而曰筆法玄微難妄傳授非志士高人詎可與言要妙也書之求能且攻真草今以授之可須思妙乃曰夫平謂橫子知之乎僕思以對之曰常聞長史示令每為一平

畫皆須令縱橫有象此豈非其謂乎長史乃笑曰然而
又問曰直謂縱子知之乎曰豈不謂直者從不令邪曲
之謂乎曰均謂簡子知之乎曰嘗業示以間不容光之
謂乎曰密謂際子知之乎曰豈不爲築鋒下筆皆令宛
成不令其疎之謂乎曰鋒爲末子知之乎豈不謂以未
成畫使其鋒健之謂乎曰力謂骨體子知之乎曰豈不
謂趯筆則點畫皆有筋骨字體自然雄媚之謂乎曰轉
輕謂屈拆子知之乎曰豈不謂鉤筆轉角折鋒輕過亦

謂轉角為闇過之謂乎曰決謂牽製子知之乎曰豈不謂為牽為製決意挫鋒使不怯滯令險峻而成以謂之決乎曰補謂之不足子知之乎曰豈不謂結點畫或有失趣者則以別點畫旁救之謂乎曰損謂有餘子知之乎曰豈不謂趣長筆短常使意勢有餘點畫若不足之謂乎曰巧謂布置子知之乎曰豈不謂欲書先預想字形布置令其平隱或意外字體令有異勢是謂之巧乎曰稱謂大小子知之乎曰豈不謂大字蹙之令小小

字展之為大兼令茂密所以為稱乎長史曰子言頗皆近之矣夫書道之妙煥乎其有旨焉字外之奇言所不能盡世之書者宗二王元常逸跡曾不睥睨筆法之妙遂爾雷同獻之謂之古肥旭謂之今瘦古今既殊肥瘦頗反如自省覽有異同説芝鍾趣巧精細殆同始自機神肥瘦古今豈易致意真跡雖少可得而推逸少至於學鍾勢巧形容及其獨運意疎字緩譬猶楚晉習夏不能無楚過言不悒未為篤論又子敬之不逮逸少猶逸

少之不逮元常學子敬者畫虎也學元常者畫龍也余
雖不習久得其道不問其言必慕之歟儻有巧思思盈
半矣子其勉之工精勤悉自當妙矣真卿前請曰幸蒙
長史傳授筆法敢問工書之妙如何得齊與古人張公
曰妙在執筆令其圓轉勿使拘攣其次諸法須口傳手
授之訣勿使無度所謂筆法也其次在於布置不慢不
越巧使合宜其次紙筆精佳其次諸變適懐縱捨規矩
五者備矣然後齊於古人矣敢問執筆之理頗得長史

曰予傳授筆法之老舅彥遠曰吾聞昔日說書若學有工而跡不至後聞於褚河南曰用筆當須如印泥畫沙思所以心悟後於江島遇見沙地平淨令人意悅欲書乃偶以利鋒畫其勁險之狀明利媚好乃悟用筆而錐畫沙使其藏鋒畫乃沉著當其用鋒常欲使其透過紙背此功成之極矣真草用筆悉如畫沙則其道至矣是乃其迹可久自然齊古人矣但思此理以專想工用故其點畫不得妄動子其書紳余遂銘謝再拜逡巡而退

自此得攻書之術於茲五年真草自知可成矣平直均密鋒力轉決補損巧稱為十二意

顏魯公文集卷十四

欽定四庫全書

顔魯公文集卷十五

唐 顔真卿 撰

詩

題杼山三癸亭 亭陸鴻漸所創得暮字

杼山多幽絶勝事盈跬步前者雖登攀淹留恨晨暮及兹紆勝引曾是美無度欻構三癸亭寔惟陸生故高賢能敍物跡鑿皆有趣不越方丈間居然雲霄遇巍峩倚

脩岫曠望臨古渡左右苔石攢低昂桂枝蠹山僧狎猿狖巢鳥來枳椇俯視何楷臺傍瞻戴顒路遲迴未能下夕照明村樹

謝陸處士杼山折青桂花見寄之什

羣子遊杼山山寒桂花白緑荑含素萼採折自逋客忽枉岩中詩芳香潤金石爭高南越蠹豈謝東堂策會愜名山期從君恣幽覿

登平望橋下作

登橋試長望望極與天平際海蒹葭色終朝鳧鴈聲近山猶一作全髣髴遠水忽微明更覽諸公作知高題桂名

登峴山觀李左相石樽聯句

李公登飲處因石為窪樽真卿人事歲年改峴山今古存劉全白蓁蕪掩前跡苔蘚餘舊痕裴循叔子尚遺德山公此迴軒張薦維舟陪高興感昔情彌敦道士吳筠藹藹賢哲事依依離別言強蒙嶇嶔橫道周迢遰連山根范縉雲餘烈暖林野衆芳揖蘭蓀王峻德暉映岩足勝賞延高原魏理遠水明

匹練因晴見吳門王修甫陪遊追盛美揆德欣討論顔峴器有成形用功資造化元左輔元流霞方泔淡別鶴遽翩翻劉茂舊規傾逸賞新興麗初暾顔渾元醉後接䍦倒歸時騶騎喧揚德元遲迴向遺迹離別益傷魂韋介覽事古興屬送人歸思繁皎然懷賢久徂謝贈遠空攀援崔引八座欽懿躅高名播乾坤史仲宣松深引閑步葛弱供險捫陸羽花氣酒中馥雲華衣上屯權器之森沉列竹樹牢落望郊園陸士修白日半巘岫清風滿丘樊裴幼清旌麾間翠幄簫鼓來朱

轓柳淡閑路躡雲影清心澄水源釋塵外萍連浦中嶼竹遠

山下村顏顓景落全溪暗烟凝半嶺昏顏須去日往如復換

年涼代溫顏項登臨繼風騷義激舊府恩李萼

水堂送諸文士戲贈潘丞聯句

居人未可散上客須留著莫唱阿䴵回應云夜半樂真卿

奉潘丞詩教刻燭賦酒任連盤酌從他白眼看終戀青山

郭述奉陸三林栖非姓許寺住那名約會異永和年才同建

安作羽呈權十四何煩問更漏但遣催絃索共説長句能皆

言早歸惡器别然公郤知殊出處還得同笑謔雅韻雖鏨懽

禪心昔拋却皎然上侍御一宿同高會幾人歸下若簾開北

陸風燭焯南枝鵲蕚奉潘十五文場苦叨竊釣渚甘漂泊弱

賓幸見容非才誠重諾

送耿湋拾遺聯句

堯舜逢明主嚴徐得侍臣分行接三事高興柏梁新真卿

楚國千山道秦城萬里人鏡中看齒髮河上有煙塵湋

望闕飛青翰朝天憶紫宸喜來歡宴洽愁去詠歌頻真卿

顧盼情非一睽携處亦頻吴興賢太守臨水最慇勤湋

三言擬五雜組

五雜組繡與錦往復還輿又寢不得已病伏枕

五言月夜啜茶聯句

泛花邀坐客代飲引清言陸士修醒酒宜華席留僧想獨園張薦不須攀月桂何假樹庭萱李萼御史秋風勁尚書北斗尊崔萬流華淨肌骨疏瀹滌心原真卿不似春醪醉何辭綠菽繁晝定素瓷傳靜夜芳氣滿閑軒士脩

三言重擬五雜組

五雜組甘鹹醋往復還烏與兎不得已韶光度

五言夜宴詠燈聯句

桂酒牽詩興蘭釭照客情士修詎慙珠乘朗不讓月輪明張薦破暗光初白浮雲色轉青真卿帶花疑在樹比燎欲分庭晝定顧已慙微照開簾識近汀真卿

三言喜皇甫曾侍御見過南樓翫月

喜嘉客闢前軒天月淨水雲昏真卿鴈聲苦蟾影寒聞裛

浥滴檀欒陸羽歡宴處江湖間皇甫曾卷翠幕吟嘉句恨清光留不住李萼高駕動清角催惜歸華重徘徊晝露欲晞客將醉猶宛轉照深意陸士脩

七言重聯句

頃持憲節推高步獨占詩流橫素波不是中情深惠好誰能千里遠經過真卿詩書宛似陪康樂少長還同宴永和夜酌此時着碾玉晨趨幾日重鳴珂曾萬井更深空寂寞千方霧起隱嵯峨熒熒遠火分漁浦歷歷寒枝露

烏窠 蕚 漢朝舊學君公隱魯國今從弟子科只自傾心

愍呴嚅何曾將口恨蹉跎 羽 獨賞謝吟山照耀共知殷

歎樹婆娑華轂空嫌雲路隔綢衣長向雪峰何 晝

五言送李侍御聯句

吾友駐行輪遲遲惜上春 真卿 東西出餞路惆悵獨歸人

晝 歡會期他日驅馳恨此身 篤 須知貢公望從此願相

因

五言翫初月重送聯句

春溪與岸平初月出溪明薦上十二老文璧彩寒仍潔金波夜轉清崿孤光遠近滿練色往來輕真卿望望隨蘭棹依依出郴城晝

五言重送橫飛聯句

春田草未齊春水滿長溪崿上十二兄出餞風初暖攀光日漸西真卿歸期江上遠別思月中迷晝

七言大言聯句

高歌閬風步瀛洲晝燀鵬瀹鯤飡未休真卿四方上下無

外頭萼一啜頓涸滄溟流薦

七言小言聯句

長路遥遥吞吐絲真卿鷦螟蚊睫察難知晝

七言樂語聯句

苦河既濟真僧喜萼新知滿座笑相視真卿戍客歸来見妻子晝學生放假偷向市薦

七言饞語聯句

拈䭔舐指不知休萼欲炙侍立涎交流真卿過屠大嚼肯

知羞晝食店門外強淹留薦

七言滑語聯句

雨裛下山踏榆皮真卿莓苔石橋步難移晝蕪荑醬醋喫

煑葵全白縫靴蠟線油塗錐萼急逢龍背須且騎李益

七言醉語聯句

逢糟遇麯便酩酊全白覆車墜馬皆不醒真卿倒著接䍦髮

垂領晝狂心亂語無人並羽

五言夜集聯句

寒花護月色墜葉占風音畫茲夕無塵慮高雲共片心

眞卿

刻清遠道士詩因而繼作

不到東西寺於今五十春朅來從舊賞林壑宛相親吳子多藏日秦皇厭勝辰劍池穿萬仞盤石坐千人金氣騰爲虎琴臺化若神登壇仰生一捨宅歎珣珉中嶺分雙樹迴巒絶四鄰窺臨江海接崇飾四時新客有神仙者於茲雅麗陳名高清遠峽文聚斗牛津跡異心寧閒

聲同質豈均悠然千載後知我揖光塵

清遠道士同沈恭子遊虎丘寺有作 附

我本長殷周遭罹歷秦漢四瀆與五嶽名山盡幽竄
及此寰區中始有近峯翫近峯何鬱鬱平湖渺瀰漫
吟挽川之陰步上山之岸山川共澄澈光彩交凌亂
白雲翁欲歸青松忽消半客去川島靜人來山鳥散
谷深中見日崖幽曉非旦聞子盛遊遨風流足詞翰
嘉茲好松石一言常累嘆勿謂余鬼神忻君共幽贊

李太尉追和

茂苑有靈峰嗟余未遊觀藏山在平陸壤谷為高岸

岡繞數仞牆巖潛千丈幹乃知造化意迴斡資奇翫

鏐騰昔虎踞劒沒嘗龍煥潭黛入海底崟岑聳霄半

層巒未昇日哀狖寧知旦緑篠夏凝陰碧林秋不換

冥搜旣窈窕迴望何蕭散川晴嵐氣収江春雜英亂

逸人綴清藻前哲留篇翰共扣哀玉音皆舒文繡段

難追彥回賞褚彥回曰凡人所稱常過其實唯見虎丘逾其所聞徒起興公嘆

一夕如再升含毫星斗爛

皮日休所載

虎丘山有清遠道士詩其所稱自殷周而歷秦漢迨於近代抑二千年來以鬼神自謂亦神怪之甚者格之以清健飾之以俊麗一句一字若奮若搏彼建安詞人儻在不得居其右矣顔太師魯公愛之不輟遂刻於巖際并有繼作李太尉衛公欽清遠之高致慕魯公之素尚又次而和之顔之敘事也典李之屬思

也麗並一時之寡和又幽獨君詩二首亦甚奇愴嗜古者觀而樂之余因揔而為和答幽獨君一篇不知孰氏之作其詞古而悲亦存於篇末太玄曰太無方易無時然後為鬼神也噫清遠道士果鬼神乎抑道者流乎抑隱君子乎詞則既已矣人則曰吾不知也

過瑶臺寺有懷圓寂上人 并序

真卿昔以天寶元年尉醴泉亟過瑶臺寺圓寂上人

院秩滿遷監察御史廵覆諸陵而上人已離此寺大
歴十三年春二月以刑部尚書謁拜昭陵慨然有懐
其詞曰
上人居此寺不出三十年靈法盡無染舊集作萬法元無著一心
唯趣禪忽紆塵外軫遠訪世間縁舊本作區中縁及爾不復見
支提猶岌然舊本作巋以真蹟校
贈釋皎然詩
秋意西山多别岑縈左次繕亭歴二癸企趾鄰什寺元

化隱靈蹤始君啓高致誅榛養翹楚鞭草理方穗俯砌披水容逼天掃峰翠境新耳目換物遠風塵異倚石忘世情援雲得真意嘉林幸勿剪禪侶欣可庇衛法大臣過佐游羣英萃龍池護清激虎節到深邃徒想崍頂期於今沒遺記

顏魯公文集卷十五

顔魯公文集卷十六

唐　顔真卿　撰

補遺

唐故通議大夫贈太子少保顔君廟碑銘并序

昔孔悝有彝鼎之銘陸機有祠堂之頌皆所以發揮祖德敷演家聲故君子之觀其銘也既美其所稱又美其所為無而稱之是誣也有而不述其仁乎論而譔之敢

不祗懼君諱惟貞字叔堅其先出於顓頊之孫祝融融孫安為曹姓其裔孫邾武公名夷甫字顔子友别封郳為小邾子遂以顔為氏多仕魯為卿大夫孔門達者七十二人顔氏有八戰國有率獨秦有芝貞漢有異肆安樂其後喪亂譜牒淪亡魏有裴盛盛字叔臺青徐二州刺史關内侯始自魯居於琅邪臨沂孝悌里生廣陵太守給事中葛繹貞子諱欽字公若精韓詩禮易尚書學者宗之生汝陰太守護軍襲葛繹子諱默字静伯生晉

侍中右光禄大夫西平靖侯諱含字弘都隨元帝過江
巳下七葉葬在上元幕府山西生侍中光禄勲西平定
侯諱髦字君道事具孝行傳生州西曹騎都尉西平侯
諱綝字文和生宣城太守御史中丞諱靖之字茂宗生
巴陵太守度支校尉諱騰之字弘道善草隸書有風格
梁武帝草書評云顔騰之賀道力並便尺牘少行於代
生輔國江夏王參軍諱炳之字叔豹以能書稱生齊侍
書御史兼中丞諱見遠和帝被弑一慟而絶梁武深恨

之事見梁周北齊書生梁鎮西記室叅軍諱協字子和感家門事義不求聞達元帝著懷舊詩以傷之撰晉仙傳五篇日月災異圖兩卷文集廿卷見梁書生北齊給事黃門侍郎待詔文林館平原太守隋東宮學士諱之推字介著家訓廿篇寃魂志三卷證俗音字五卷文集卅卷事具本傳黃門兄之儀周御正御史中大夫麟趾學士隋文輔政不署矯詔索璽又拒之出為集州刺史新野公後朝朔望引至御榻曰見危授命臨大節而不

可奪古人所重何以加卿事具周書弟之善隋業令子孫見於後黃門生皇秦王記室字孔歸君之曾祖也隋司經校書東宮學士率子弟奉迎義旗於長春宮招爪州拜儀同傅學善屬文自爲文集序國史稱溫大雅在隋與思魯同事東宮彦愽與愍楚並直内史省彦愽將遊秦同典校秘閣二家兄弟各爲一時人物之選少時學業顏氏爲優其後職位溫氏爲盛溫氏譜亦載焉生勤禮字敬君之祖也幼而朗悟識量弘遠工於篆籀尤

精詁訓解裼校書即與兩兄弟師古相友愛同為弘文崇賢學士弟育德又於司經校定經史當代榮之太宗嘗令師古讃崇賢學士以兄弟特命蕭鈞讃之曰依仁服義懐文守一履道自居下帷終日德彰素里行成蘭室鶴鑰馳譽龍樓委質著作即修國史夔府長史贈虢州刺史生昭甫敬仲殆庶無恤少連務滋辟強昭甫字周卿君之父也幼而穎悟尤明詁訓工篆籀草隷書與内弟殷仲容齊名而勁利過之特為伯父師古所賞重

每有著述必令參定嘗得古甓廿餘字舉朝莫識盡令讀之高宗侍讀曹王屬贈華州刺史真卿表謝肅宗批答卿之乃祖當為碩儒既表倚相之能遂有臧孫之後不墜其業在卿之門生我伯父諱元孫泉君伯父聰頴絕倫尤工文翰舉進士考功郎劉奇特標榜之由是名動海内累遷太子舍人玄宗監國專掌令畫嘗和遊苑詩批云孔門稱哲宋室聞賢翰墨玄捷莫之與先歷滁沂濠三州刺史贈秘書監君仁孝友悌少孤育舅殷仲容

氏蒙教筆法家貧無紙筆與兄以黃土掃壁木石畫而習之故特以草隸擅名天授元年糊名考校判入高等以親累授衢州參軍與盈川令楊炯信安尉桓彥範相得甚歡又選授洛州温縣永昌二尉每選皆判入高科侍郎蘇味道以所試示於衆曰選人中乃有如此書判嗟歎久之遂代兄為長安尉太子文學以清白五為察訪使魏奉古等所薦王邱初開盛選僚屬拜薛王友柱國伯妹御史大夫張知泰妻魯郡夫人亡將葬數家占

君不宜臨壙君哭而拒之曰豈有忘手足之痛牽拘忌而忍自絕乎弗從其年秋七月才生明遺疾而歿教義者隱而傷焉與會稽賀知章陳郡殷踐猷吳郡陸象先上谷寇泚河南源光裕博陵崔璩友善事具陸據所撰神道碑累贈秘書少監國子祭酒太子少保真卿表謝肅宗批答云卿之先人德行優著學精百氏藝絶六書頻擢甲科屢升循政曳裾王府名右鄒枚載筆春宮道高徐沈既而壽乖華髮器紆青雲業載史臣慶傳令子

追存盛美褒贈崇班且旌善於義方俾揚名於有後濠州生春卿曜卿旭卿茂曽春卿工詞翰倜儻有吏材蘇頲舉茂才偃師丞杲卿文理清峻所居有聲太常居攝常山太守禄山反擒其心手開土門拜衛尉卿兼中丞城陷杲卿叱詈之遂被鈎舌支解而終贈太子太保謚曰忠節真卿表謝肅宗批荅云自羯胡猖狂入我河縣所在官吏多受迫脅卿兄以人臣大節獨制横流或俘其謀主或斬其元惡當以救兵懸絶身陷賊庭旁若無

人歷數其罪手足寄於鋒刃忠義形於顏色古所未有

朕甚嘉之曜卿工詩善草隸十五以文學直崇文館淄

州司馬旭卿善草書屑山令茂曾好屬文詁訓仁厚絕

衆捷爲司馬君生闕疑允南喬卿真長幼輿真卿允藏

闕疑仁孝有吏能精詩傳善剖判杭州參軍允南仁孝

有清識工詩人多誦其佳句善草隸與春卿杲卿曜卿

同日於銓庭爲侍郎席建侯所賞達奚珣薦爲左補闕

真卿時爲殿中正至三拱法座蹈舞而衣袂相接者三

故允南賦詩云誰言百人會兄弟也霑陪歷殿中膳部司封郎中司業金鄉男喬卿仁和有吏幹富平尉真長清直早世幼輿方雅有醖藉通班漢左清道兵曹真卿早孤蒙伯兄允南親自教誨舉進士歷校書制舉醴泉尉陟清白長安尉三院御史四為大夫六為尚書再為採訪節度允禮儀使光禄大夫魯郡公允藏敦質孝悌有吏能制舉延昌令監察充朔方衣資使殿中三為侍御史中允江陵少尹荆南行軍濠州及君孫泉明佐父

開土門彭州司馬威明邛州司馬季明子幹沛詡頗誕及外孫博野尉沈盈盧逖並為逆胡所害各蒙贈五品京官濬好屬文翹華正頵慈明都水使者頗好五言校書頲仁孝方正明經大理司直嶺南營田判官執喪九日不食頊河陽尉顗鳳翔參軍頗工小楷洗馬頍恭仁奉禮郎並早喪逝紘方義主簿泉明覿並没蠻龔明徽明德明未仕通明獲嘉尉將明昌明尉克明崇文明經衛密標榜之翻有德行文詞華原主簿準溧水尉覿頗

工文襄陽尉覲有文行弘文進士顥仁友清白常熟令
封金鄉男韻清介勤學侍郎蔣洌賞其判京兆兵曹龔
金鄉男岫仁純常熟主簿任城男頎浚儀尉頌清源尉
頂幹辦揚府法曹願長厚清白朝邑尉顥左率倉曹碩
秘書正字頻有史幹歙州録事參軍曲阜男頫好為詩
富陽尉顒好為文常州參軍並粗有所立君之諸父群
從揚庭頤並侍讀強學益期並學士中和至誠敬仲大
智温之澂之滔之揩挺援撰温泳陵並明經康成強學

希莊日損隱朝鄰幾知微舒説順勝式宣詔並進士制舉有意中和趨庭希莊至刺史利仁明天文欣期元淑景靈並校書先庭注後漢書嘉賓千里昇庠斥朝怡滔渾允濟揩逸覲不器防有文詞愽古少蓮恭敏惇學行敬仲温之以孝聞潤有風義晁鏻邀追以清白稱其餘咸著官族不獲悉數洪惟累祖之耿光丕業有若子泉弘都之德行巴陵記望之書翰特進黄門之文章秘監華州之學識肇自魯國格於聖代紛綸盛美遂舉集於

君君能述遵前人不敢失墜其事以忝聿脩宜其克饗
尊榮為清廟不祧之主真卿幸承遺訓叨受國恩既荷
無疆之休敢揚不朽之烈銘曰
系我宗邾顔公子封郳曾附庸亞孔聖浴沂風刺青徐
給事中護營柳渡江楓侍兄疾感虵童鄰火斷珥貂重
施七葉傳孝恭武騎都尉司從便尺牘繼魚蟲慟君難
憤而終諮施室游湘東嗟禦正凜移忠衆黄門擅文雄
三韶長事東宫四穆叔史宰籠褒華州詁訓通小秘監

盛名鴻維少保文翰工莅畿赤五褒崇登望苑友桂叢三超贈保儲躬流光盛廟貌融永不祧垂無窮

碑側記

建中元年歳次庚申秋七月癸亥朔鐫畢八月巳未真卿蒙恩遷太子少師冬十月壬子男頵封沂水縣男碩親泰縣男婭男頂山縣男頌費縣男頎鄒縣男徵軀官階勲爵並至三品子姪八人受封無功而叨竊至此子孫敬之哉

碑額陰記

高祖記室君國初居此宅虢州君舍人君侍馬堂今置廟地高祖批殷夫人居十字街西北壁第一宅秘書監君禮部侍郎君侍馬虢州君居後堂華州君於堂中生馬今充神廚少保君堂充齋堂廳室充亞獻終獻齋室

唐故杭州錢唐縣丞殷府君大人顏氏碑銘 并序

第十三姪男金紫光禄大夫行湖州刺史上柱國魯郡公真卿撰并書

君號正定琅邪臨沂人北齊黃門侍郎之推府君之玄闕二字皇朝秦王記室思魯府君之曾闕二字著作郎弘文集賢學士勤禮府君之孫闕二字天皇曹王侍讀贈華州刺史昭甫府君闕十二字慧明達發乎天均孝仁敬讓迥出人表精究闕十二字不備其在家也九族仰其壼儀其移天也六姻闕十三字史太夫人殷氏以彤管之才膺大家之選闕十一字秘書監元孫府君太子少傅惟貞府君藐焉始孩闕十三字擅大名皆君力也叔父吏部郎中敬仲府君闕五字

君闕三字宜芳令裴安朔妻司闕四字割耳闕二字因獲滅死

及誕男闕一字生而左耳缺馬君有三子長曰武康丞一闕

字紹尤上小闕五字曰闕一字利絶倫紹子壻郎中柳芳令

之良闕二字子闕八字次曰處士齊望有成人之姿幼曰晉

州長史成已雍闕七字陽闕一字勇退不登闕一字秩每與文

士族祖濬武平一呂因李暇陳闕四字匡朝內弟曜卿允

南姨弟劉璀族弟闕一字同賦詩多擅警絶之句六女長

適闕二字生安陸令銓孝養於君次適王元闕一字著漢春

秋次適蔡九言生學闕五字為當代之冠次適顏昭粹粹

女適司勳郎闕四字才器為海內闕四字楊欽生淮季淮幼

適我兄闕疑仁親友闕五字度為尼感殊闕六字及女娉真

卿童孺時特蒙君教言辭音闕四字延壽王孫賦闕一字氏

飛龍闕二字淹造化篇五都賦不幸開元廿五年秋七月

有五日以隨牒終於成巳尉氏尉之公館享年八十四

粤以明年春正月合祔於東闕一字萬安山之王寶原禮

也嗚呼君全德內充懿仁外被才明可以升博士法闕二字

字以為母師雖偕不俱無石窌魚軒之貴長進拜慶多鏘鳳乘龍之闕三字公也眞卿不敏夙承訓誨追深仁而莫逮謀不朽其庶兹銘曰闕四字於惟我姑德闕二字撫愛深倫育耳割寃爇惠及疎賤仁涵朽枯子孫宴喜龍闕二字趨教我音辭王孫五都期頤未究闕三字朱闕一字石墳阿聲流八區

周太師蜀國公尉遲迥神廟碑銘

天臨有周誕闕一字元輔屏內藩外經文緯武隱若城闕

闕如虓虎功闕二字聲闕十三字蜀闕二字督闕二字茲天命闕四字姦臣不祇憑陵文德暴夷京師闕一字我圖匡闕二十一字節闕一字誠全死而不朽皇唐御歷景命有融賜金改葬懋烈昭忠鄴有賢守是爲張公闕十二字宮閤宮有闕一字乃建豐碑有嶄祆孽遂止幽明戈色戩穀無虧享祀不忒

政和公主碑

肅宗女代宗母妹潼關失守轂夫柳潭乘以濟孀妹首云平陽與孃子之軍於司竹襄城行匹庶之禮於宋公

定常亂匡復之師於武后皆前代所未有也

贈豪州刺史顔元孫墓誌

省試九河銘高松賦考劉奇劈曰銘賦音律既麗且新時務五條辭高瞻理惜其貼經通六所以屈從常第葬東京鷄店今作曜字

唐故太尉文貞宋公神道碑側記

初公任監察御史持服於沙河縣屬突厥寇趙定州河朔兇懼邢州刺史黄文軌投艱於公公以父母之邦金

章無避及賊至城下公為曉陳禍福其徒有素聞公威名者乃相率而去之開元末安西都護趙含章冒於貨賄多以金帛賂遺朝廷之士九品以上悉皆有名其後節度范陽事方發覺有司具以上聞玄宗切責名品將加黜削公一無所受乃進諫焉玄宗納之遂御花萼樓一切釋放舉朝皆謝公衣冠儼然獨立不拜翌日入奏玄宗謂公曰古人以清白貽子孫乃鄉一人而已公曰含章之賄偶不至臣門非不受也玄宗深嘉歎之前碑

闕馬故略述於此公第三子渾之為中丞也方欲陳乞
御制碑頌未果而中受讒譎旋羯胡作亂事竟不成真
卿時忝監察殿中為中丞屬吏故公孫儼泣請真卿論
譔之貽義軍節度觀察吏尚書左僕射兼御史大夫平
陽郡王薛公曰嵩以文武忠義之資為國保障上慕公
之德業歎尚無窮次嘉儼之懇誠崇監莫致迺命屯田
郎中權邢州刺史封演購他山之石曳以百牛俾刺字
之工成乎半歲磨礱既畢建立斯崇遠近嗟稱古今榮

觀雖大賢為德樹善庸限於存亡而小子何知附驥託
跡於階序真卿剌湖州之日因成文請儼刻其側而志
之未及雕鐫而六子衡謫居沙州參佐戎幕河隴失守
介於吐蕃以功累拜工部郎中兼御史河西節度行軍
司馬與節度周鼎保守敦煌僅十餘歲遂有中丞常侍
之拜恩命未達而吐蕃圍城兵盡矢窮為賊所陷吐蕃
素聞太尉名德曰唐天子我之舅也衡之父舅賢相也
落魄如此豈可留乎遂贈以駝馬送還於朝大歷十二

年十一月以二百騎盡室護歸士君子偉之乃古來所無也上欲特加超奬且命待之於側門十三年春三月

吏部尚書顔真卿記

項王碑陰述

西楚霸王當秦之末與叔梁避仇于吴今之湖州也雖滅秦而宰制天下魂魄猶思樂兹邦至今廟食不絶其神靈事跡具竟陵子陸羽所載圖經大歷七年真卿蒙刺是州十二載姦臣伏法恩命追真卿上都闕二字剋期

首路竟陵是詒予以故碑顛趾嘗困闕三字已而復闕一字之真卿乃命再加崇樹闕五字紀之時則仲夏方生明之日

祭伯父豪州刺史文

維乾元元年歲次戊戌十月庚子二十一日庚申第十三姪男銀青光禄大夫使持節饒州諸軍事饒州刺史上輕車都尉丹陽縣開國侯真卿敢昭告於亡伯故朝議大夫豪州刺史府君之靈曰者羯胡禄山傲優河洛

生靈塗炭兵甲靡夷二兄杲卿任常山郡太守忠義憤發首開土門擒斬逆豎挫其凶慝先蓋授衛尉卿兼御史中丞城孤援絶身陷賊庭聖朝哀榮褒贈太子太保甥姪八人李明盧逖等被賊害者並贈五品京官嫂及兒女皆被拘囚睿略昭宣宇宙清廓脫於賊手並得歸京真卿比在平原遭罹凶逆與杲卿同心恊德亦著微誠二聖憫焉授戶部侍郎河北採訪招討使又遷工部憲部二尚書再兼御史大夫出為同蒲饒三州刺史聖

恩錫類大門贈華州刺史兄弟兒姪盡蒙國恩允南授膳部郎中允臧授侍御史咸明試太僕丞頍授太子洗馬頂授協律郎頍授秘書省校書郎賜緋魚袋泉明顯頵顏等並蒙遷改一門之內生死哀榮真卿時赴饒州至東京得申拜掃又方遠辭違伏增感咽謹以清酌庶羞之奠以伯母河南縣君元氏配尚饗

與李太保帖

辭後明日至宅奉送承已當時出闕六字不獲重捧袂至

今為恨仲春漸暄不審太保尊體何如真卿粗爾不審

初到何如佇承異績以慰瞻仰因中郎張淑往謹附狀

不宣謹狀二月十四日刑部尚書顔真卿狀上李太保

大夫公閤下張淑昨艱難時首末得力頗在麾下有

容足處庇之幸甚謹空

奏事官至蒙問增慰馳誠冬閏初寒伏惟太保尊體安

適真卿悲疢何言蕃冦摧退為憲之功忝沐深情倶增

喜躍前後不逢之信遂闕修狀何時入奏未間悲係無

喻謹還狀閏月十有四日刑部尚書顔真卿狀上李太保大夫公閣下謹空

真卿粗自奉别渴仰何勝昨緣馬奔遂失馳謁想蒙情恕也真卿十五日離家大小俱安沈沈病瘡少愈勿憂為佳正遠披承益期自愛謹勒叅候不次刑部尚書顔真卿頓首李太保大夫公閣下千手賛已領訖然尚少第二隅恐在書府希更根尋足踈拙抵罪聖慈含弘猶佐列藩不遠伊邇省躬荷德恩貸寬深競慄之誠在物

何喻仲春暄甚不審太保尊體何如所苦當轉勝也真卿緣驛上無馬私乘泡轉幾先前進不得今日始至藍田即便取路不獲執别此情如何軫重軫重謹附狀不次謹狀二月十一日陝州别駕顔真卿狀上李太保大夫公閤下

與澄師帖

真卿承聞大華嚴會已遂圓成取來日要詣彼隨喜如何如何幸周副老草不悉真卿頓首和南澄師大德侍

下二十日謹空

與御史帖

真卿謹别上書於御史閣下竊聞尊候平和真卿瞻仰欣忭前所會廟上諸公未悟唯御史論高百僚振古未有雜事可置況朝廷自有次序不足念乎真卿

守政帖

政可守不可不守吾去歲中言事得罪又不能逆道苟時為千古罪人也雖貶居遠方終身不耻緒汝等當須

會吾之志不可不守也

廣平帖

得示問廣平碑本了來數日故當封呈真卿頓首

修書帖

賊軍未平使僕不憒見故先修書但召諸子弟與語不具真卿

中夏帖

真卿頓首中夏以還暑氣日甚病懶益不喜所為前欲

書石當須稍涼作之也幸不以差緩過之京人來何消息嘉否

文殊帖

近作一文殊師利菩薩碑但欲發揚主上聖意蓋不近文律耳今奉呈充蓋醬之用可乎真卿白

訊後帖

真卿具前楮訊後所苦何如立斯極位雄廷江上佳山秀水在公庭戶想日有樂事甚得佳士相延公高才逸

韵自有晉宋間人風坐此肆局不易處上方招致仁者
如公者豈久在江左乎行闕迅召以快士議真卿頓首

移蔡帖

貞元元年正月五日真卿自汝移蔡天也天之昭明其
可誣乎有唐之德則不朽耳十九日書

奉使蔡州書

真卿奉命來此事期未竟止緣忠勤無有旋意然中心
悢悢始終不改游於波濤宜得斯報千百年間察真卿

心者見此一事知我是行亦足達於時命耳

裴將軍詩

大君制六合猛將清九垓戰馬若龍虎騰陵何壯哉將軍臨八荒烜赫耀英材劍舞若游電隨風縈且迴登高望天山白雲正崔嵬入陣破驕虜威名雄震雷一射百馬倒再射萬夫開匈奴不敢敵相呼歸去來功成報天子可以畫麟臺

陶公栗里

張良思報漢襲勝耻事新狙擊苦不就含生悲拖紳嗚呼陶淵明弃業為晉臣自以公相後每懐宗國屯題詩庚子歲自謂羲皇人手持山海經頭戴漉酒巾興與孤雲遠辨隨還鳥泯

竹山連句題潘書

竹山招隱處潘子讀書堂真卿萬卷皆成袠千竿不作行處士陸羽練容飡沆瀣濯足詠滄浪前殿中侍御史廣漢李萼守道心自樂下帷名益彰前梁縣尉河東裴脩風來似秋興花發勝河陽

推官會稽康造支策曉雲近援琴春日長評事范陽湯清河水田聊學稼野園試條桑釋皎然巾折定因雨履穿寧為霜河南陸士脩鮮衣垂蕙帶拂席坐藜牀河南房夔檐宇馴輕翼簪裾染衆芳顔粲草生還近砌藤長稍依墻顔顓魚樂憐清淺禽閒憙頡行顔須空園種桃李遠野下牛羊京兆韋介讀易三時罷園基百事忘洛陽丞趙卭李觀境幽神自王道在器猶藏詹事司直河南房益晝歡山僧茗宵傳野客觴河東柳淡遂峰對枕席麗藻映縑緗永穆丞顔峘偶得幽棲地無心學鄭鄉述上

顔魯公文集卷十六

顏魯公文集附錄

行狀

公姓顏名真卿字清臣小名羨門子別號應方京兆長安人也顏氏乃春秋小邾子之苗裔昔帝軒氏生昌意昌意生顓帝顓帝生老童老童生吳回吳回生陸終陸終生六子一曰昆吾其國衛也二曰參胡其國韓也三曰彭祖其國徐也四曰會人其國鄭也五

曰曹姓其國邾也六曰季連其國楚也曹姓國于邾春秋邾武公為魯之附庸國武公名儀甫字顔公故公羊傳稱顔公有功於齊齊威公命小邾子子孫以王父字爲姓氏以其附庸於魯故代代事魯爲卿大夫為先賢傳孔子弟子達者七十二人顔氏有其八則顔氏之儒學可知也若顔無繇字路顔回字子淵顔幸字子柳顔高字子驕顔祖字襄顔噲字聲子顔之僕字叔并顔何字冉是也至公之十六代祖魏

青徐二州刺史諱盛字魯國居琅琊葬臨沂縣西七里十二代祖晉侍中諱含自琅琊居丹陽五代祖北齊黄門侍郎諱之推自丹陽居京兆長安高祖秦王府室參軍諱思魯曾祖蔣王文學著作郎諱勤禮祖曹王侍讀諱昭甫父薛王友贈太子太保諱惟貞即祕書監師古之曾姪孫也公以家本清貧少好儒學恭孝自立貧乏紙筆以黄土掃墻習學書自攻楷書絕妙詞翰超倫年弱冠開元二十二年進士及第登

甲科二十四年吏部擢刊入高等授朝散郎祕書省著作局校書郎天寶元年秋扶風郡太守崔琇舉博學文詞秀逸玄宗御勤政樓策試上第以其年授京兆府醴泉縣尉陟陟使戶部侍郎王珙以清白名聞授通直郎長安尉六載遷監察御史制云文學擅於登科器幹彰于適用宜先汗簡之職俾貯理輪之効尋充河東朔方軍試覆屯交兵使凡閱舉糺士伍舒慘之情事理無不必當七載又充河西隴右軍試覆屯交兵使五原郡

有寃獄不決公理之時方久旱而甘澤立應郡人呼為御史雨八載又充河東朔方軍試覆屯交兵使有榮陽鄭氏兄弟三人或居令長或尉京畿劉任往年母亡殯於太原佛寺空園之内經二十九載未葬公乃劾奏之敕三人放歸田里終身勿齒左金吾將軍李延業素承恩渥曾召蕃客内宴引駕仗不報臺公責之延業憑恃權勢于朝堂喧憤公奏之出為濟南太守朝廷憚焉不敢不肅八月還殿中侍御史中丞宋渾以私怨為御史

史吉温崔珪所誣告謫賀州公謂珪温曰柰何以一時之忿而欲危宋璟裔乎由是與二人不平宰相楊國忠初黨於温亦怒公之不附己令吉温諷中丞蔣洌奏公為東京畿採訪判官九載十二月轉侍御史百餘日轉武部員外郎判南曹提綱日釽苛細武調者多感而懐之十二載國忠以前事銜之謬稱精擇乃遂出公為平原太守其實去之也公至郡詢訪孝義名節之士皆旌其門閭或蠲其户役安陵處士張高多才博識隠居公

詔其居與之抗禮因廉使巡察乃薦焉其後鎬官至中書侍郎同平章事安祿山鎮幽州十餘載末年反跡頗著人不敢言公亦陰備之因歲終式修城乃浚濠增堵壞壕垣列植木內為敵之計外託勝遊之資及兵興果賴其固而城得全十四載祿山禍謀將發公遣子至范陽啓祿山以今年冬合當入計祿山猜之不許公既不得離郡乃遣親客前漢中長史蹇昂奏其狀狀留禁中不報十一月祿山反于范陽衆號十五萬長驅自趙定

而南趨洛陽散牓諸郡莫敢枝梧祿山乃牓公令以平
原博平兵七千人防河以博平太守張獻直為副公登
時使平原司兵參軍李平乘駟奏之平至東京見封常
清云吾得上旨凡四方奏事者許開函而再封之平聽
焉常清遂倚帳援筆寄書於公論國家之事詞意甚切
并附募捕逆賊牒數十封至平原令堅相待公從之使
親表及門客密送于諸郡因此多有而常清乃尋自敗
績焉有敕賜死於陜州竟不接李平之未至京師也元

宗嘆曰河北二十四郡無一人向國乎及聞平至遣中使五六輩迎之兼敕平奔馬直至寢殿門然後令下奏事畢玄宗大喜謂左右曰顔真卿何如人朕兼未曾識而所為乃爾祿山之發范陽也時平原郡有静塞屯平盧鎮兵三千五百人並已發赴鎮在路未達公悉追迴更追諸縣武舉及獵射人兼名募精勇旬日至萬餘人遣宗子平原郡錄事李擇交統之驍勇之士刁萬歲和琳徐浩馬相如高抗等分押營伍皆千夫之長樂以義

舉腹心無阻而為其將帥馬聚兵後數十日公大饗將士於子城四門之外辦吏四人主酒食所約五十萬廝役之流無不飽飫公躬自撫巡舉酒下淚言國家之恩戮力死節無以上報衆皆激憤勇思致命馬時饒陽太守盧全誠與司馬李正舉兵據其城河間司法參軍李奐殺祿山所置長史王忠於濟南月餘日清河義兵復歸本郡濟南太守李隨下遊奕將訾嗣賢渡河得博平偽太守馬冀擄其郡各有衆數千或至萬人相次于平

原共推公為盟主公三辭後聽焉諸郡諮稟指揮告敗尅日數十至信都郡武邑縣尉李銑來投奔縣令龐宣遠拘留銑母公以私錢十萬募人刼迎之故士衆歡感無不願效者果遂羣意兼斬龐宣遠首而携迴十二月祿山陷東京害留守尚書李憕御史中丞盧奕判官華縣尉蔣清等因使以三人之首來徇河北且以脅降諸郡逆使者段子光至初拽入門子光大呼曰僕射十三日入東京遠近盡降聞河北諸郡不從故令我告之公

若損我悔有日在遂歷指三首各言其人公識其是恐
搖人心乃謬謂諸將曰我審此三人皆非也遂命腰斬
子光潛令收藏三首誌其處數日稍定取憕奕等首澡
潔仍縛蒲為身棺殮發哀致祭城外殯之哭三日舉聲
下淚受文武吊慰左右無不出泣涕者自此義合歸者
益多矣斬叚子光之日滄州清河縣步五千攻常山太
原節度使王承業擁兵最近不時出救常山遂陷諸郡
頗有貳者玄宗乃以公為戶部侍郎依前平原太守充

本郡防禦使仍與節度使李光弼計會招討公以景城長史李暉為副李銑賈載前侍御史沈震為判官是月又詔公為河北採訪處置使公又以前咸陽尉王延昌為判官張澹為友使時清河郡寄客李華後因獻封事睿宗有敕改名為郡人來乞師於公曰竊聞公高義首唱河朔歸順之人皆依倚以為聲氣洪瞻人心可用若不倦于聽則僕請言之公曰何如華曰國家舊制江淮郡租布貯於清河以備北軍費用為日久矣相傳之天下北庫今所

貯者有江東布三百餘萬疋河北租調絹七十餘萬當郡絲綾十餘萬累年稅錢三十餘萬倉糧三十萬時討默啜甲代藏于庫内五十餘萬編户七十萬見丁十餘萬計其實足以三平原之富料其卒足以二平原之彊若因撫而有之以兩郡為腹心唇齒其餘乃四支耳安敢有不從者哉彼要僕為行人以造公之壘僕明見其可同心也取命于屏戟之外唯公圖之公曰所合之衆未曾知戰自死且急安有恤隣之暇哉雖然諾足下之

請則可為乎華對曰清河遣僕致命於公者盖欲禀義
大賢以濟謀非力不足而借公之師以當強寇也仰瞻
高意未有決詞定色與濟清河也安敢言為哉時華纔
年二十餘皆沮云必動衆無成惟公奇之廹於衆情未
時許耳華乃就館操書以達其意意者畧言清河去就
逆順以全實之資上公之軍而承公之命時不納而疑
之即僕迴轅之後清河必有所託系於他人與公為西
面之難無什日之期耳公及噬臍乎公覽而驚之遂排

羣議獨仗其决借兵六千人兵既出平原次於境上華將把公手而歸公曰兵既行矣可以言吾子之意否華曰近聞朝廷遣程千里統精兵十萬自太行東下擬諸嶧口助河北諸軍討滅叛逆而嶧口為賊所守千里兵不得東出須先伐魏郡袁知泰泰禄山所署為太守納舊太史司馬垂使為西南主分開嶧口出千里之軍因令討鄴郡已北直至幽府已來未順城邑平原清河率同盟諸將以十萬人直指河陽分效兵廵河而悉制其奔動之路

討王師東討洛邑必不減二十萬河南諸郡義師西向臨之亦不減十萬公當表請堅壁勿戰不旬月而賊有潰散相圖之勢矣公然之遂移牒清河等諸郡并遣大將宗子李擇交副將平原縣令范顗偏裨和琳徐浩等十餘人促兵清河合勢以便宜從事華復命于清河因兵合之際修永濟渠引水遶州城上大修守戰之具旬日而畢又以清河四千兵與平原連蹤而西時博平亦義兵千人來合於是三郡之師屯于博平郡堂邑縣西

南十里袁知泰遣其麾下將白嗣深乙舒蒙等率二萬餘人來拒戰三郡士兵晝日苦鬬遂大敗之斬首萬餘級生禽一千餘人馬一千疋軍資器械不可勝數其日魏郡城東南面女墻一百五十步無故而崩去郡邑百里戰日而崩所以為異知泰走投汲郡於是自魏郡以冬堂邑百餘里莫不携壺漿於道側以候官軍公聲益震境内稍安初平原之師既西合清河時賊將史思明圍饒陽恐平原救之仍遣遊奕兵來拒前鋒去舊縣十里公懼不敵乃

遣驍將刁萬歲以三千兵逆之堅壁不戰又以書過招北海太守賀蘭進明統馬步五千來助公陳兵而迎之相揖哭於馬上悽慟三軍宴犒甚厚進明遂屯平原城南息養士馬公每事諮謀之自是兵威之重稍移於進明矣而公不以為嫌進明未有所之李擇交兵入清河尋又破于堂邑西因公以有功禮遜於進明加河北招討使擇交顏各徵進官級其清河博平有功不錄一人時論進明必有後敗未期果失律於信都城下有詔抵

罪公從之使赴行在進明以全乃公護之也君子曰竊人之財猶為之賊况竊人之功乎進明之不死幸也然公亦過於寛厚矣三月河北節度使李光弼以朔方軍馬三千步軍五千初出土門將討定河朔公乃抽兵歸并放博平清河等軍各歸本郡斂戢以待光弼之命俄而光弼拔平山郡（按改常山為平山）續有詔遣郭子儀以萬軍助之兩進兵又拔趙郡史思明方守博陵以自固仍將兵來拒於是兩軍以思明三萬人對陣于嘉山大戰思

明敗績徒跣走入博陵城兩軍斬首萬餘虜獲不可勝計時平山趙郡已扳劉正臣本名客奴歸順於平原平盧等十七郡公先擾之於是橫截賊路人往來幽府皆以精騎偷路又多被官軍殺之其賊將士父母妻子及曳河落種族並質在范陽絕懷震恐時方盛暑公知光弼子儀禁斷侵掠將士少衣服乃送十五萬帛為三萬人裝以遣人至饒陽潼關不守兩軍却入土門遂留不行然河北諸郡公始復指麾征討之事肅宗之在靈武也公

前後遣判官李跣及馬步軍張雲子以蠟爲彈丸以帛書表實於彈丸之内潛至靈武奏事有詔以公爲工部尚書兼御史大夫依前河北招討採訪處置使又于蠟丸内奉敕書及即位改年赦書至平原散下諸郡宣奉焉又令監察御史鄭昱賫赦書宣布河南江淮所在郡邑風從不疑而王命遂通則公之力也而河北諸郡稟公之命粗爲安肅公以兵興半年軍用已竭思所以贍濟之未得其畧先時清河行人李華自堂邑戰勝後又

覲公辭權而不有之遂藏於人間不及見公再三盟約
號令諸郡及以文牒求之曰清河郡屬崔審交應賊之
後吏不安行人李華乃崇墉浚隍鍛甲矯翦乞師破敵
和衆以安人靜言其功須有甄賞仍牒之於路以求焉
華於是復詣平原與公相見公因問以足用之計華遂
與公數日參議以定錢收景城郡鹽沿河置場令諸郡
略定一價節級相輸而軍用遂贍時北海郡錄事參軍
第五琦隨刺史賀蘭進明招討於河北覲其事遂竊其

法乃奏肅宗于鳳翔至今用之不絶然猶未得公本策之妙詣焉是年秋祿山遣其將史思明尹子竒等併力攻河北諸郡前後百餘日饒陽河間景城樂安相次而陥所存者平原博平清河三郡而已然人心潰叛不可復制公乃將麾下騎數百棄平原渡河由淮南山南取路朝肅宗於鳳翔行在初公之將過河也乃謂判官穆官張澹曰賊勢既爾若委命待擒必謂其快心辱國之命也今將徑赴行在公以為如何若朝廷必誅敗軍之

罪以勵天下則王綱可振死亦何恨如復從事以責後效

則業不朽矣寧澹與諸將皆贊之策馬發至朝廷除公

爲憲部尚書初劉客奴以漁陽歸順時史思明與光弼

子儀相持於趙定之間客奴遣使越海與公既會公使

判官賈載將男頗爲質信泛海以軍粮及戰士衣服遺

之時頗始年十歲餘公更無子息三軍懇請留之不從

及載等迴公乃與漁陽聲勢相連秦又使人迎其軍比

至公已弃平原歸于行在竟不及事然自肅宗已來河

南及諸道立功大將如王元忠田神功董秦侯希逸李正已許杲卿等初皆是公自北海迎致之者終無私謁焉至二年正月又除御史大夫未幾因忤聖旨貶馮翊太守乾元元年三月又改蒲州刺史本郡防禦使封丹陽縣開國子食邑一千户是年為酷吏唐旻所誣貶饒州刺史二年六月拜昇州刺史充浙江西道節度使兼宋亳都防禦使劉晨反狀已露公慮其侵軼江南乃選將訓卒緝器械為水陸戰備都統使李峘以公為太早

計因寄奏之肅宗詔追未至京拜刑部侍郎及劉展舉兵渡淮峘敗績冬江西淮南遂陷於展議者皆多公而怨峘馬上元元年秋時御史中丞敬羽徂詐險慘班列皆避之公嘗與之語及政事遂遭誣貶蓬州長史公樂道自怡不以介懷寶應元年五月代宗有詔除利州刺史十二月拜户部侍郎加銀青光禄大夫上柱國廣德元年又加金紫光禄大夫充荆南節度使觀察處置使遲留未行為密近所誣遂罷前命代宗幸陝公扈從至

行在除尚書右丞宰相元載與公不叶公亦面數之不為之屈及鑾駕還宫公首建議先謁廟然後即安宫闕事竟不行時載方在於立班吏顧公曰所見雖美其如不合事宜公怒而進曰用捨在相公耳言者何罪乎然朝廷紀綱豈堪相公再破除也載自此銜之而不忘二年正月除檢校刑部尚書兼御史大夫朔方行營汾晉等六州宣慰使載又疑公因使奏對必言短尋罷前命唯知刑部尚書事三月進封魯郡開國公食邑三千户

載自與公有隙常候公闕公亦獻書直奏其奸狀代宗俱容不罪之也永泰二年春差公攝職謁太廟公以祭器不修言之於朝載譖公以為訕謗時正貶陝州別駕代宗為罰過其罪尋換吉州別駕公與往來詞客詩酒講論為樂甚有所著編為廬陵集十卷於大歴三年遷撫州刺史在州四年以約身減事為政然而接遇才人耽著文卷未曾暫廢焉因命在州秀才左輔元編次所賦為臨川集十卷七年九月拜湖州刺史公以時相未

忘舊怨乃加勤於政而以杭州富陽丞李㝊為本州防禦副使蘇州寓客校書郎權琨遊客前大理司直揚昱為判官委墾草闢田之務於㝊委閲簿檢吏接詞政之務於琨昱等而境内晏然公初在平原未有兵革之日著韻海鏡源成一家之作始創條目遂遇禄山之亂寢而不修者二十餘年及至湖州以俸錢為紙筆之貲延江東文士蕭存陸士修裴澄陸澵顔粲朱弁李莆清河寺僧智海𣑭善小篆書吳士湯涉等十餘人筆削舊章

該捜羣籍撰定為三百六十卷大凡據法言切韻次其字按經史及諸子語據音韻次字成句者刋成文裁以類編又按倉雅及説文玉篇等其義各注其下謂之字脚韻海者以牢籠經史之語依韻次之其多如海鏡源者八體之本究形聲之義故曰鏡源綿亘數載其功乃畢表奏上之有詔付所司藏之於書府大抵求經史撰集篇賦利於後學焉此外餞别之文及詞客唱和之作又為吳興集十卷令檢校國子祭酒揚昱自御史中丞

京畿採訪使除爲漢州刺史轉湖州刺史以舊府之恩

乘州人之請紀公遺事刋石立去思碑於州門之外即

令都官郎中陸長源之詞也十二載元載伏誅名公爲

刑部尚書經年公以前後頻典刑憲咨啟詞焉乃上選

舉利害事宜數十條代宗善之人莫知也遂改吏部尚

書令上諒闇之際詔公爲禮儀使先自玄宗以來此禮

儀注廢缺臨事徐創實資博古練達古今之旨所以朝

廷篤於訕疾者不乏於班列多是非公之爲公不介情

唯搜禮經執直道而行已令上察而委之山陵畢授光祿大夫遷太子少師依前爲禮儀使前後所制儀注令門生左輔元編爲禩儀十卷令存焉三月八月遷太子太師四年淮寧節度使李希烈以十四州叛襲陷汝州執刺史李元平歸蔡州朝廷詔公爲淮寧軍宣慰使公乘驛駟至東京河南尹鄭叔則勸公曰反狀已然去必陷禍且須後命不亦善乎公曰君命也焉避之至許州與希烈相見宣傳詔意未畢逆賊使其大將軍王玢周曾

詬公以醜詞劫公以白刃又令隣境同惡所遣使者四人於希烈之前拜舞伏稱誣詐國家之事勃慢兇豪詞所不忍聽也又令親兵五千人號為希烈養子人各持一刀逼脇於公如欲剸食之勢公位不移定色不撓懼希烈覩公辭色不變謬為驚駭以身蔽公兵人既退方揖公就館前後詐為公表奏自說其强盛以請汴州者數十令上知而寢之希烈雖窮凶極惡然亦感公文義大陳設燕會將欲送公於朝廷先為賊所擒汝州刺史

李元平時在座公指引叱責之元平羞慙而起書其奸
意坐上潛通希烈意變宴罷後遂拘公於官舍令甲卒
十人守之仍穿一阬于廳之前以脅公公乃直言指希
烈云死生有定何足多端相侮哉但以一劒見與公即
必覩快事無多為也希烈慙謝焉自後不復無禮於公
也居數月賊於安州城下破官軍得獲將士以頭連誇
示于公公聲叫呼自牀投地憤絶良久乃蘇從此更不
復與人言語及哥舒曜收復汝州擒檢校刺史周晃已

下百人希烈乃遣周曾康秀林等領二萬人來襲哥舒於汝州曾秀林行至襄城乃謀翻兵殺希烈奉公為節度使以歸順希烈押衙姚澹亦為內應先期一日事洩希烈乃遣騾子軍三千奄至襄城殺周城等收其期兵而回因送公於蔡州龍興寺居焉公度不得全自撰墓誌以見其心又就希烈請數人之撰希烈不知而給之自陳設之因為文祭周曾已下為賊所害者無不歔欷其十二月希烈臨汴州僭逆稱號為慘酷之具以逼公

意欲其屈禮公憤然而無求生之意賊以止焉貞元元年河南王師復振賊虜蔡州有變乃使其將辛景臻於龍興寺積薪以油灌既縱火乃傳希烈之命若不能屈節自即裁之公應聲投地臻等驚慙扶公而退希烈審不為已用其年八月二十四日又使景臻等害於龍興寺幽辱之所凡享年七十七明年三月希烈為麾下將陳仙奇所殺淮西平仙奇遣軍將營送公神櫬於京師嗣子櫟陽縣尉頵次子祕書省正字碩迎喪至汝州襄

城縣乃葬焉攀號屢絶毀裂過不自勝以其年十一月三日祔葬萬年縣鳳棲原之先塋有詔贈司徒謚曰文忠賻錢五十萬粟二百碩中使吊祭儀仗送於墓所朝野莫不哀傷公蹈忠節之苦古今無類焉公平居之日自卑有井介之操而能容衆有潔己之方不以疵物與道合歲寒者終始無渝變況君臣大義名教大節而得造次焉可奪求生而害仁者嗚呼淮寧之難豈止天不慭遺葢亦有無良之人以怨報德投之於無存之地也

悲夫初遭難後江西節度嗣曹王臯上表曰臣見蔡州歸順脚力張希璨王仕顒等說去年八月二十四日蔡州城中見封有隣兒不得名字云希烈令偽皇城使辛景臻右軍安華於龍興寺殺顏真卿埋于羅城西道南里并立碑臣聽之未畢涕泗交流三軍對臣亦苦嗚咽且臣死王事子復父讎人倫常經不足褒異所悲去古日遠澆風蕩浮多苟偷生曾不顧節使忠孝寂寞人倫憔悴昨叚秀實奮身擊泚首今顏真卿伏縊烈庭皆啟

明君臣發揮教訓近冠清史遠紹昔賢夫日月麗天幽民向燭忠烈曜世回邪革心伏請陛下降議百寮遐布九有刻石頌德告廟圖形使元壤感恩皇風澤物公之審親懿友動相規用以成其務者即令給事中因公亮吏部員外郎柳公冕採其謀猷分以休戚者令吉州刺史李公崿重其罷悦其能者令檢校國子祭酒楊公昱故戸部員外郎權公罷其餘顧盼曾假吹噓成名布於詞場及内外之列者不可勝紀李公崿吉州以小子久

趨於擱戢定以使言將存刊刻用防逸墜尚賓去飾庶無愧焉其故同事之人先後存亡録之於左

謹狀

碑銘

正議大夫行太子右庶子史館修撰上柱國晉昌縣開國男令狐峘述

惟深也故能通天下之志惟幾也故能成天下之務君子極深而研幾不出戶而制動行諸已而馭化其惟威

德乎有唐名臣贈司徒魯郡文忠公顔公奉大順為元功建大節為至忠以安横流以紐頽綱秉是一心祇事四朝今上興元元年八月三日蹈危致命薨于蔡州之難貞元二年春蔡州平冬十一月二旬有三日嗣子欂陽尉郡祕書省正字碩銜恤奉喪歸于萬年縣之舊原皇帝徹懸震悼乃册贈上公詔有司具鼓吹羽儀送于墓所遣中謁者吊祭賻錢五十萬粟三百碩命太常考行誄德謚曰文忠凡厥士庶臯方侯伯識與不識晞聲

想形莫不惕焉荆焉感慕思齊為人子者益孝為人臣者益忠為人弟者益順為人吏者益敬有以見盛德之儀形也公諱真卿字清臣琅琊臨沂人蓋孔宣父之門人回曰好學知幾道亞聖人公其後也五代祖之推北齊黄門侍郎為海内大儒著家訓稽聖賦寃魂誌及文集藏在書府歷代傳之高祖思魯亦儒行仕我太宗掌記秦府列于國史曽祖勤禮著作郎弘文館學士祖昭甫晉曹二王侍讀贈華州刺史考惟貞薛王友贈太子

少保儲和祿冲是感閒氣用集于我公公受天純休克廣前烈識度玄遠節行不羣早孤太夫人殷氏躬自訓育公承奉慈顏幼有老成之量家貧屢空布衣糲食不改其樂餘力務學甘味道藝五經微言及百氏精理無所不究既聞之必行之尤攻文詞善隷書書格勁逸抗行鍾張弱冠進士出身尋判入高第授祕書省校書郎天寶初制策甲科作尉醴泉又以八使表能遷于長安未幾拜監察御史薦承詔旨巡撫河隴曾至五原有究

訟久而不決公理之得情郡人恱伏時方炎亢而甘澤樹焉巷俗謡言謂之御史雨又士族有數于名教者朝廷有侮於憲度者公悉彈奏正以禮法憲綱正肅朝旨嘉焉遷武部員外郎屬宰臣楊國忠以外戚澄庸惡不附已者出為平原太守公性本弘裕及到官推是道也以臨其人卹疾苦以勸義寛征徭以勸學令不肅而信行教不敎而化洽十四年賊臣安禄山豕突蟻動逆常干紀徵師矯命自薊長驅公血憤中激乃宣言曰焉有

人臣忍容巨逆必當竭節襄行天討會郡中方集静塞軍屯丁三千餘人公因之又召境内舉武藝者仍發財募義勇之士未踰旬成萬人軍於是戒嚴固守仍表其狀是時海内承平禄山竊發兩河之間未有奉章表者時禄山陷洛陽害留守李憕中丞盧奕御史蔣清以三人之首傳脅河北列郡至平原公斬其使收三人之首哭而葬之遂有表上聞初玄宗每朝以薄俗罪己及得公表大悦稱歎者久之顧謂左右曰真卿何如人而所

為乃得爾因就拜戶部侍郎兼領平原又加河北採訪
招討使仍賜以詔書云卿之一門義冠千古由是公之
德聲震于天下時公從父兄常山太守杲卿同公建議
憤激于衆生縛賊將何千年高邈獻于闕下遂通太原
之路忠烈之風出于一門詩云孝子不匱永錫爾類夫
忠臣亦如之是時饒陽太守盧全誠濟南太守李隨清
河長史王懷忠景城司馬李暐各擁兵數千或至萬人
以附于公鄴郡太守王燾被祿山移攝河間燾被椽吏

李奐斬偽署河間長史杜兼睦以河間衆歸于公北海太守賀蘭進明率精鋭五千濟河有詔助公討伐自是仁者赴仁義者赴義勇者不敢愛其力智者不敢祕其謀清河詞客李萼少年有才獻奇于公以通鄰好增補軍實前殿中侍御史沈震監山尉穆寧武邑李銑清河縣主簿張澹清池尉賈載各杼嘉能參賛戎務公以長事進明衆同甘苦莫不畢力惟公之使賊帥袁知泰倚衆犯我聊城之西公一鼓而破之夷斬萬計其時河朔

一十七郡同日嚮順連兵二十萬橫絶燕趙旁貫井陘啟土門通太原河北節度使李光弼朔方節度使郭子儀得橫行河朔復常山趙二郡大破賊帥史思明于嘉山皆公之由也推誠無私信及旁郡平盧將劉正臣以漁陽來歸公以漁陽賊之本根欲堅其意乃割愛子頗令越海與正臣通問兼遺之軍資十有餘萬俄而寇陷京師駕在靈武往來傳置梗扼不通公以帛書表章封於蠟丸內俾健步宵行晝伏四遠以聞因奉詔肅宗即

位之初遣使乘驛布於江淮王命再通繄玆是賴又遷工部尚書兼御史大夫採訪招討等使如故其年冬十月賊將尹子奇史思明等以勁兵十萬發自燕南先陷滄瀛次陵德棣猛若燎火衝如決防公内無兼月之蓄外絶同盟之援度勢量力議無幸給不敢委身待擒貽國之恥遂于麾下歸于鳳翔有詔遷憲部尚書兼御史大夫西京平公思缺舊章屢進讜議觸鱗忤旨竟不久留出為馮翊太守換蒲州刺史充本州防禦使又為

酷吏所構貶饒州刺史遷昇州刺史充浙西道節度使時劉展在於睢陽反狀已萌公乃訓偏師利五刃水陸戰備以時增修都統使李峘奏以為過防駭衆肅宗有詔追拜刑部侍郎進爵縣公尋而劉展陵啗江淮李峘敗績奔走時之議者皆多公之先覺怨峘之阻計焉御史中丞敬羽詐佞取恩惡公剛直乃以謗語陰中之天威赫然責命斯極貶蓬州長史代宗即位移利州刺史未之任徵拜戶部侍郎轉吏部侍郎加銀青光祿大夫進

金紫光禄大夫除江陵尹兼御史大夫充荆南節度觀察使未辭闕而鑾輿幸陝州公扈蹕行在拜尚書右丞及還京遷刑部尚書續兼御史大夫充朔方宣尉使進封魯部公食邑二千戸宰臣元載怙權專政每有公議公正言引經不為之屈指擿如將規之載心銜色忿蓄而將發者數四矣會攝享太廟公以祭器不修啟于宰臣載因奏公謗讟時政貶陜州別駕未到任換吉州別駕移撫州刺史轉湖州刺史政尚清静長孫養耆徽闕浚

隍式廡明進闕 特責大指而已郡人恱之立碑頌德

而耽嗜文籍卷不釋手初在德州嘗著韻海鏡源遭難

而止至是乃延集文士纂而成文古今文字該於理者

摭華撮要罔有不備為三百六十卷以其包荒萬彚其

廣如海自末尋源照之如鏡遂以名之又著吳興集十

卷廬陵集十卷臨川集十卷並行於代大歷末奸臣伏

誅宰臣楊綰常衮舉公舊德宜在中朝徵拜刑部尚書

公乃奏上所著韻海鏡源帝嘉之藏於集賢書院及祕

閣公前後三領大司寇以年老辭榮上愛其才遷吏部
尚書清汰九流用政庶官代宗宴駕朝廷以鴻儒詳練
典故舉充禮儀使祇護陵寢率禮無違加光禄大夫太
子少師使如故著禮儀集十卷上方倚以為相為權臣
所忌遷太子太師外示崇高實以散地處之也建中四
年賊臣李希烈阻兵淮右詔公奉使宣尉豺狼方熾或
諭公逗遛以需公曰君命也焉避之既見希烈奉宣朝
旨詞不屈志不撓賊黨乃交刃脅之嫚罵不遜公視之

凛如責以悖逆希烈不敢亢逼而退久之置酒大會將餞公復命行有時矣遇叛臣李元平陷我汝海委質賊庭公於座上數其背恩厲氣叱責叛者慙赧容以異語動於希烈希烈意變遂執公囚于官舍防以甲士或掘穽于側或積薪于前或紿以瘞填或許以焚爍虐毒萬計期公毀節公謂之曰顧假一劍豈勞多端脈義而終乃其所也賊竟不敢逼貞元初希烈陷汴州是時公幽辱已三歲矣度必不全乃自為墓誌以見其志是年遇

害於汝州之龍興寺春秋七十有六自登朝及作藩牧人常以安居厚俗為務奬善伐惡為志言非至公不發於口事非直道不機於心植藻則夷齊之高也理戎則羊陸之仁也當朝則汲黯之正也莅下則廉范之通也蘊是具美行乎至儉强暴莫敢衝千飈不能動大義久廢公起之醇風久漓公還之茍非賢人之業何以臻此然虛己下士不以名位自高茍有道者蓬門鶉衣必與抗禮在平原嘗薦安陵處士張鎬有公輔之量數年間

鎬位列嗣司論者稱之善與人交執友之子義均甥姪介操所至不遷其守剛而中禮介而容衆靜而無滯動而有光便於己希權倖不為也君有命蹈湯火不辭也心在頽亂不在功志圖報國不圖生故其殺身成仁視死如歸雖漢之龔勝魏之王經無以加焉昔衛銘孔悝魯頌僖公載在禮經形于雅什僉以為公之事君事親愛敬直清跬涉不忘德充也服義戴仁顛沛以之行極也探賾儒府述古立言文經也勞勤王家靖難安仁武

功也頌聲不昭後嗣何觀於是故吏廬州刺史李謩乃刊石建碑旌于不朽以爲嘗忝公會府公卿之末備位史臣俾讚丕烈永示將來敢竭不才恭述所聞銘曰

天祚聖唐降賢救時烈烈魯公毓德應期巖峙玉真伊傳之師文武忠信天子是毗亦既升朝偘然正色潤我王度作藩于德賊爲豺虺流毒下國公整王旅殄掃妖慝解紛以和柔逆以忠萬里狂飈半爲淳風君子知微遇變則通克全庶人入奉宸聰乃副丞相是司喉舌周

旋七命內外胥悅營營青蠅不害其潔危行言遜保茲
明哲用啟土宇俾侯于魯式是百辟彝倫攸敘亂靡有
定盜擾淮浦帝曰汝賢代予宣撫孰不懷忠豪死難之
於赫我公視險若夷猛獸齗齗履之不疑扇彼薄俗惟
緝惟熙昔在申伯作藩周室詩人歌頌尚播聲律矧我
文忠人之紀綱功侔四時節貫雪霜煥乎立言沒而彌
彰日居月諸嶽範無疆

顔魯公文集附録

顏魯公年譜

臣等謹案此年譜舊傳留元剛編元剛自記亦云爾然所云真卿某年作某文多此集所無所序事蹟亦有行狀誌傳他書所未載者似本有舊譜元剛重訂之耳

中宗景龍三年己酉

公生於是年其先琅琊臨沂人晉侍中西平靖侯含之十四世孫含以孝義儒學名家居丹陽五代祖之

推北齊黃門侍郎始為京兆長安人高祖思魯隋司經局校書東宮學士長寧王侍讀唐太宗為秦王拜記室參軍曾祖勤禮著作郎崇賢弘文館學士祖昭甫晉王曹王侍讀華州刺史父惟貞薛王友贈太子少保

四年庚戌六月改元唐隆是月睿宗即位七月改元景雲

睿宗景雲二年辛亥

三年壬子正月改元太極五月改元延和八月傳位元

宗改元先天

先天二年癸丑十二月改元開元

元宗開元二年甲寅

二十二年甲戌

公年二十六考功員外郎孫逖下進士及第試梓材

賦庫詩

二十四年丙子

公年二十八平判入等授朝散郎秘書省著作局校書郎

天寶元年壬午

公年三十四舉文詞秀逸科元宗御勤政樓策試上第十月授醴泉尉後黜陟使王珙以清白名聞轉通直郎遷長安尉按本傳及神道碑天寶初以制策甲科作尉醴泉考唐會要所載諸科如文詞秀逸皆謂之制舉通直郎自武德定令為從六品朝散郎從七

品

五載丙戌

公年三十八是歲有張長史十二意筆法記

六載丁亥

公年三十九正月遷監察御史尋充河東朔方軍試

覆屯交兵使

七載戊子

公年四十是年充河西隴右軍試覆屯交兵使

八載己丑

公年四十一又充河東朔方軍試覆屯交兵使劾奏朔方令鄭延祚八月遷殿中侍御史時中丞宋渾為御史吉温崔珪誣告謫賀州公面折之楊國忠黨於温怒公不附已令温諷中丞蔣洌奏公為東都採訪判官按史傳温性陰詭諂事貴官以訊獄深虐李林甫才其為擢戶部郎中兼侍御史又媚附楊國忠安祿山高力士為國忠謀奪林甫權誣奏京兆尹蕭炅

及渾逐之皆林甫所善林甫不能救後禄山領河東節度表温自副總留事拜鴈門太守以母喪解表為魏郡太守國忠當國引拜中丞十三載禄山薦為武部侍郎國忠與禄山爭寵温轉厚於禄山國忠忌之發其贓狀遂斥死宋渾之謫當是温兼侍御史時也家譜以公遷殿中在五月今從行狀

九載庚寅

公年四十二十二月遷侍御史

十一載壬辰

公年四十四三月轉武部員外郎判南曹

十二載癸巳

公年四十五楊國忠以前事銜之謬稱請擇出公為平原太守按十三載有東方朔畫贊碑陰記云去歲拜此郡則以是年出守明矣

十三載甲午

公年四十六十二月有東方先生畫贊碑陰記

十四載乙未

公年四十七轉兵部員外郎時安禄山反河朔盡陷獨平原城守具備使司兵參軍李平馳奏元宗始聞亂嘆曰河北二十四郡無一忠臣耶及平至大喜顧謂左右曰朕不識真卿何如人所為乃若此耶謹按公嘗為殿中侍御史與仲昆左補闕允南同列臺省每朝賀宰相已下登殿者不過三十人公與允南二拱法座於含元殿朝覲宴集必同行列夫以拱承天

辟執憲殿中久賜清問參陪左右不為疏遜者矣平原缺　已有不識之問元宗末年怠荒蠱於妖孽昏昧至是安得不稔胡雛之禍哉

十五載丙申七月肅宗即位改元至德

公年四十八正月加户部侍郎兼平原郡太守三月兼河北招討採訪使七月拜工部尚書兼御史大夫平原郡太守河北招討採訪處置等使有皇帝即位賀上皇表有修書帖十月史思明使尹子奇圍河間

公遣和琳往救思明逆戰擒之河間陷又使康没野波將先鋒攻平原公謀於衆賊鋭不可抗乃渡河

肅宗至德二載丁酉

公年四十九四月朝於鳳翔授憲部尚書有讓表六月兼御史大夫有謝表新史行狀月日不同今從家譜九月丁丑廣平王俶平西京十月壬戌平東京癸亥肅宗發鳳翔丙寅入西京太廟為賊所焚肅宗素服向廟哭三日按本傳兩京復公建言春秋新宫災

魯成公三日哭今太廟為賊毀請築壇於野皇帝東
向哭宰相獻其言十一月出為馮翊太守有謝上表
三載戊戌二月改元乾元
公年五十三月除蒲州刺史有謝上表四月有謝晉
王曹王侍讀贈華州刺史表按通鑑杲卿姊妹及泉
明之子流落河北是年公守蒲使泉明往求之九月
有祭姪贈贊善大夫季明文十月除饒州刺史有華
嶽廟題名至東京拜掃有祭伯父豪州刺史文豪州

按通典春秋末鍾離子之國晉僑置徐州安帝時為鍾離郡宋廢入南兖州齊置北徐州北齊為西楚州隋開皇二年以地枕濠水更曰濠州自大業至唐武德天寶乾元改為郡若州者再地理志謂濠字初作豪元和三年改從濠元和郡國志濠字中間誤去水元和三年字又加水彭晁社亭記碑陰載武德間州印豪字亦不從水元和二年刺史崔公中奏請依舊以濠水為州名三年八月敕豪從水省司重造新印

攺之濠州乃開皇舊名武德以後始作豪也今舊集作濠誤當從碑本

乾元二年已亥

公年五十一有顔司徒碑銘六月爲昇州刺史充浙西節度使兼江寧軍使有謝表江寧郡以元年攺置昇州兼浙西節度觀察使是年有與蔡明遠帖李侍御寫真贊有天下放生池碑銘按放生池碑陰記及碑銘所載皆在二年湖州碑陰記後廼書作二年三

月攷之乞御書碑額表云去年冬任昇州刺史日述碑銘一章自書絹本附史元琮奉進乞御書題額以光揭不朽緣前書點畫稍細恐不經久今謹據石擘窠大書一本奉進特乞聖恩俯遂前請然則碑銘必是年所作而再進擘窠之本在於次年故繫以改書之歲月耳藝文類聚有梁元帝荆州放生亭碑世謂放生建碑始於唐非也

臣等謹案真卿於乾元二年由饒州刺史遷昇

州後大歷元年由撫州刺史秩滿代到又至昇州然前次至昇州其地守官也後次之來則已去位為過客將由昇州水路入東京耳送蔡明遠序云一昨緣事受替歸止金陵闔户百人幾至糊口此大歷元年來為過客語也留元剛以與明遠帖入此年誤

三年庚子閏四月改元上元

公年五十二時劉展將反公豫飭戰備李峘以為生

事非短公二月追爲刑部侍郎有乞御書天下放生
池碑額表八月貶蓬州長史按離堆記以言事忤旨
本傳云上皇遷西内公率百官問起居李輔國惡之
行狀神道碑又謂爲御史中缺然二事皆
在公貶貳之時也
上元二年辛丑九月去年號稱元年以十一月爲首歲
元年壬寅復以建巳月爲四月改元寶應是月代宗卽
位

公年五十四五月有鮮于氏離堆記拜利州刺史屬羌賊圍城不得入追赴上都十二月劉宴讓為户部侍郎有謝表有顔司業碑

臣等謹案原本作匡賊圍城今據放生池勅書批荅碑陰記改作羌字又按崔寧傳寶應初蜀亂山賊乗險道不通嚴武白寧為利州刺史寧至賊遁蓋正此時事利州已授寧故召真卿入朝

寶應二年癸卯七月改元廣德

公年五十五三月改吏部侍郎有謝表八月除江陵尹兼御史大夫充荊南節度觀察處置使有謝表未行授代十月轉尚書右丞有臧尚書碑銘

代宗廣德二年甲辰

公年五十六正月以檢校尚書兼御史大夫充朔方行營汾晉等六州宣慰使招諭僕固懷恩不行遂知省事二月有與李太保帖十一月有與郭僕射郭公

廟李臨淮碑銘按郭英義為尚書右僕射封定襄郡王驕蹇侈汰陰事元載魚朝恩以久其權明年嚴武死以英義為成都尹充劍南節度使自以有内主肆志無所憚崔旰反英義奔靈池普州刺史韓澄殺之

是月又與李太保帖

永泰元年乙巳

公年五十七八月有孫逖文公集序閏十月有與李太保帖有顔秘監碑銘

二年丙午十一月改元大歷

公年五十八時元載多引私黨畏羣臣論奏乃紿代宗曰羣臣所奏多挾私讒毀請自今論事先白長官長官白宰相宰相定可否然後奏聞公有百官論事疏攝事太廟言祭器不飭載以為誹謗二月貶峽州别駕時又有廟享議朝會有故去樂議三月移佐吉州道出溧水有吊烈士左伯桃詩六月有東林寺西林寺題名歐陽公脩集古録按唐書公為元載所惡

貶峽州員外別駕撫州湖州刺史載誅復為尚書而不言其再貶至新史始載本末蓋攷諸碑陰記及題名也

臣等謹案廟享議朝會有故去樂議皆真卿在德宗時為禮儀使所上唐書禮樂志載在建中二年是也年譜編入此年誤

大歷二年丁未

公年五十九正月有鮮于少保碑銘十月有靖居寺

題名守政帖廬陵集十卷

三年戊申

公年六十五月除撫州刺史按魏夫人麻姑華姑仙壇記乞御書題額恩敕批答碑陰記並存是歲家譜誤作二年當以記爲據有書馬伏波語

四年己酉

公年六十一四月歸祔季弟少尹于上都時同生十人零落皆盡惟公獨存有寶應寺翻經臺記魏夫人

華姑仙壇碑

臣等謹案家廟碑真卿自序同生七人兄五人曰闕疑允南喬卿真長幼輿弟一人曰允臧此十人恐係七人之誤允臧嘗為江陵少尹此歸祔者即允臧也

五年庚戌

公年六十二五月有麗正殿學士殷君碣銘十二月有宋開府碑銘

六年辛亥

公年六十三三月有寶應寺律藏院戒壇記閏三月

臨川代到四月有南城縣麻姑山仙壇記是年有晉

代中西平靖侯顏公大宗碑又有左輔元編次所賦

爲臨川集十卷

七年壬子

公年六十四有八關齋報德記九月至東京除湖州

刺史十一月發東京有與夫人帖

八年癸丑

公年六十五正月至任七月追建放生池碑銘按杼山妙善寺碑云大歷七年棠剌是拜觀察判官御史袁君高廵部會於此上遂立亭於東南陸處士以癸丑歲冬十一月癸卯二十一日癸亥建名之曰三癸又云自典校時著韻海鏡源未遑刋削壬子歲叨刺于湖公務之隙與沙門法海李蕚陸羽褚沖湯某郴察潘述裴循蕭存陸士脩楊遂初崔弘楊德元胡仲

湯涉顏祭韋介左與宗顏策以季夏於州學及放生池討論至冬徙于茲山來年春遂終其事孜之乞御書題額恩敕批答碑陰記公七年秋九月歸至東京起家除湖州刺史來年春正月至任放生池碑後亦書云七年秋九月巳亥蒙除不應壬子之九月至京癸丑之正月至任而壬子之季夏巳與羣士討論於州學冬復徙于杼山癸丑之春遂成書而終事碑銘曰三癸嶙峋又曰紛吾著書羣彥惠臻言羣彥著書

於三癸之亭也夫既大歴七年嘗刺是邦癸丑十月方有此亭安得壬子之冬羣彥已集是必寺碑傳寫於金石剥落之餘誤以癸丑為壬子當終事於甲寅之春也郡有韻海樓未徙杼山時所建是年有題三癸亭詶陸處士折青桂花見寄詩水堂送諸文士戲贈潘丞聯句十二月有沈氏述祖德記玄靖李先生碑銘公在郡及門生弟姪多携壺機纖以遊峴山觀左相石罇聯句序謂因積溜潨石欹為罇形酌酒其

中結字環飲

九年甲寅

公年六十六正月作干禄字書序書於刺史宅東廳院又有韻海鏡源公天寶中守平原與封紹高篔族弟渾脩成二百卷屬禄山作亂止其四分之一及刺撫州與左輔元等增廣成五百卷至是刊削繁辭纂而成文凡古今文字該於理者摭筆撮要罔有不備爲三百六十卷是年有乞御書題額恩敕批答碑陰

記妙善寺碑贈僧皎然詩

臣等謹案千禄字書及序今現有拓本乃豪州刺史顔元孫所作元孫乃杲卿之父真卿之伯父也真卿特於是年書之耳年譜誤謂真卿自

撰

十年乙夘

公年六十七有元次山表墓碑銘歐陽領軍碑銘

十一年丙辰

公年六十八四月有崔孝公陋室銘記初霅溪東南有白蘋洲梁太守柳惲江南曲汀洲採白蘋日暮江南春後人因以名洲至是公始剪榛導流作八角亭及茅亭書惲誌于上有康使君碑銘

十二年丁巳

公年六十九四月有柳惲西亭記吳興集十卷元載誅楊綰薦公四月召於湖州五月有項王碑陰述八月為刑部尚書

十三年戊午

公年七十正月三抗章乞致仕不允二月有過瑶臺寺懐圓寂上人詩是年進吏部尚書按家譜以十二年十二月為吏部尚書充禮儀使攷舊史記及詩序今年正月乞致仕二月謁昭陵猶為刑部尚書不應十二年已除吏部令參之行狀神道碑史傳所載先後進吏部當在今年充使乃代宗晏駕之後也

十四年已未五月德宗即位

公年七十一五月代宗崩充禮儀使七月奏列聖謚繁有請復七聖謚號狀時袁傪議云陵廟玉册已刻不可輕改傪蓋妄奏不知五册皆刻初謚而已又有

論元皇帝祧遷狀

德宗建中元年庚申

公年七十二七月有顔少保碑銘時楊炎當國公以直不容八月為太子少師依前禮儀使有左輔元所

編禮儀集十卷

三年壬戌

公年七十四上方倚以為相盧杞忌之八月改太子

太師罷其使

四年癸亥

公年七十五正月李希烈陷汝州盧杞建遣公為宣

慰使往諭之公卿失色李勉密表固留不報既至宣

詔旨希烈養子千餘人交刃脅公後又囚於官舍守

以甲士掘方坎于廷傳將阬之期公毀節公謂希烈

曰死生有定何多端一劍見與卽覩快事希烈不敢
逼
興元元年甲子
公年七十六有奉命帖題驛舍壁會周曾等謀襲汝
州奉公為節度事洩希烈殺曾等拘送公于蔡州
貞元元年乙丑
公年七十七正月有移蔡帖時公已幽辱三載矣度
必死乃自作遺表墓誌祭文指寢室西壁下曰吾殯

所也八月希烈使閹奴與辛景臻等縊殺公于龍興寺

二年丙寅

四月希烈為牙將陳僊奇所殺蔡州平十一月奉公喪歸葬于萬年縣之鳳棲原公之死也舊史記云貞元元年正月始聞廢朝贈謚傳乃謂死於興元元年八月新史記以為貞元元年之八月神道碑前書月日同舊傳後又云貞元初遇害希烈之誅新舊史記

作今年四月舊史傳復云貞元元年仙奇護公喪歸致之移蔡帖貞元元年自汝移蔡行狀及嗣曹王臯表柳珵常侍言旨並云是年八月賊命辛景臻等於蔡州龍興寺縊公明年希烈死仙奇歸喪則舊史記傳不但書公之死先後失次而平蔡歸喪之年亦復差互今牴牾固自戾其說而通鑑復取諸舊史何耶恐他有所據新史當必見行狀與移蔡之帖也新史公年七十六舊史七十七按大歷十三年公年七十

為刑部尚書三抗章乞致仕不允後死於貞元元年

當年七十七

總校官舉人臣章維桓

校對官主事臣金光悌

謄錄監生臣楊省曽

圖書在版編目（CIP）數據

顏魯公文集 / (唐) 顏真卿撰. — 北京 : 中國書店, 2018.8
ISBN 978-7-5149-2097-0

Ⅰ. ①顏… Ⅱ. ①顏… Ⅲ. ①中國文學 - 古典文學 - 作品綜合集 - 唐代 Ⅳ. ①I214.22

中國版本圖書館CIP數據核字(2018)第084822號

四庫全書·别集類

顏魯公文集

作者 唐·顏真卿 撰
出版發行 中國書店
地址 北京市西城區琉璃廠東街一一五號
郵編 一〇〇〇五〇
印刷 山東潤聲印務有限公司
開本 730毫米×1130毫米 1/16
印張 33.75
版次 二〇一八年八月第一版第一次印刷
書號 ISBN 978-7-5149-2097-0
定價 一一八 元（全二册）